KB141493

타오르는 물

타오르는 물

지은이 | 이성복
사 진 | 이경홍
펴낸이 | 양숙진

초판 1쇄 펴낸날 2009년 12월 22일

펴낸곳 | ㈜현대문학
등록번호 | 제1-452호
주소 | 137-905 서울시 서초구 잠원동 41-10
전화 | 516-3770
팩스 | 516-5433
홈페이지 | www.hdmh.co.kr

값 11,000원

ISBN 978-89-7275-454-1 03810

타오르는 물

이성복 글 | 이경홍 사진

현대문학

4년 전『현대문학』에 사진에세이「오름 오르다」를 연재하고 책으로 엮은 후, '오름'의 작가 고남수 형의 은사인 이경홍 선생의 인상 깊은 작품들을 만나게 되었다. 진한 흑색 바탕 위에 쉽게 은유할 수 없는 추상적인 형태를 보여주는 그 사진들에 대해 내가 얻은 정보란 순식간에 빠져나가는 바닷물을 극히 짧은 시간의 노출로 포착한 것으로서, 순간과 영원이 하나 되는 '찰나'의 숨겨진 얼굴들을 찾아내려 했다는 것이 전부이다. 그 비의적인 사진들을 오래 들여다보면서 나는『오름 오르다』와 같은 개념, 같은 체제의 글을 써보고 싶다는 생각을 했고, 작가의 소중한 허락을 얻어 연재를 하고 마침내 책으로 묶게 되었다. 흥미롭게도 이 글의 제목 '타오르는 물'은 '오름 오르다'와 근사近似한 애너그램이며, 더욱이 '물'은 '름'이라는 글자의 뒤집힌 모습으로 보이기도 한다. 이를테면 둘은 쌍둥이 건물에 비할 수 있는 것으로, 구상적 세계의 의미와 가능성을 묻는『오름 오르다』에 비해,『타오르는 물』은 비구상세계의 무의미와 불가능을 타진하는 글로 생각될 수 있다. 송구스러운 것은 앞서와 마찬가지로 이 글이 사진 작품 자체를 위해서가 아니라, 그것을 빌미로 지금까지 내가 보고 듣고 느낀 것들을 되새기려는 의도에서 씌어졌다는 점이다. 그러나 또한 위안이 되기도 하는 것은 셀로판지를 걷어올린 만년노트처럼, 사진은 그 많은 조야한 생각들을 허용하면서도 한 번도 오염된 적이 없다는 사실이다. 연재와 출판을 가능하게 해주신 이경홍 선생과『현대문학』에 깊이 감사드린다.

2009년 12월

이성복

차 례

1. 고독한 은유

1

작가의 사진들 가운데 비교적 쉽게 형체를 은유할 수 있는 이 작품은 그럼에도 불구하고 단 하나의 은유로 고정되지는 않는다. 어두운 밤 곧추 일어선 몽구스가 두 다리를 내려뜨리고 늑대의 기습을 경계하는 모습이라거나, 불시에 낯선 별에 착륙한 외계인이 은빛 금빛 가루를 방사하며 망연자실 서 있는 모습이라거나, 그도 아니면 어미 짐승의 자궁 속에서 눈도 뜨지 못한 채 혼몽한 잠을 자고 있는 태아의 모습이라거나…… 이처럼 다양한 연상을 통해 떠오르는 은

유들은 그러나 결코 무작위로 만들어지는 것은 아닐 것이다. 그것들을 조심스레 포개놓고 보면 막막한 삶의 가장자리에서 떨고 있는 존재들의 고독감과 무력감이 공통 속성으로 드러난다. 바꾸어 말하자면 두서없는 은유들의 친화력에 의해 사진 속 형체가 저도 몰래 내장한 고독감과 무력감이 감지되는 것이다. 모든 형체는 은유의 조명을 받아 의미를 갖게 되며, 그렇지 않다면 아무도 모르는 숲 속에서 저 혼자 쓰러지는 나무와 같을 것이다.

2

이처럼 은유들의 겹쳐 놓임이라는 방식으로 파악된 사진 속 형체의 고독감과 무력감은 다시금, 네 개의 다리를 같은 쪽으로 뻗고 잠자야 하는 뭇 짐승들의 고단함과 만나게 된다. 가령 겨울날 오후 살얼음 낀 시멘트 바닥에 곤히 잠들어 있는 동네 개들이 말할 수 없는 슬픔으로 다가오는 것은 아무도, 아무것으로도 덮어 가릴 수 없는 그들의 헐벗음뿐만 아니라, 무감각한 다리들을 한쪽으로 뻗고 누운 무기력한 자세 때문이기도 하다. 생각해보면 사람을 제외한 어떤 짐승도 제 등의 온 면적을 바닥에 깔고 편안한 잠을 이루는 경우는 드문 듯하다. 모로 누워야만 잠들 수 있는 고달픈 자세는 짐승들의 것이기에 측은한 것이 아니라, 그 자세를 지닌 뭇 존재들은 측은할 수밖에 없다. 밤늦게 돌아와 모로 누워 잠든 아이들의 모습을 보았을 때 가슴이 먹먹해지는 것도 다른 이유에서가 아닐 것이다. 하물며 숨 끊어진 짐승들이 영원히 몸을 버릴 때도 그와 다른 자세를 취하는 것을 본 적이 있었던가.

3

　　그런 점에서 은유는 '형상의 닮음'의 차원에서 뿐만 아니라, 형상의 하부 단위라 할 수 있는 '자세의 닮음'의 수준에서도 이루어진다고 할 수 있다. 달리 말하면 생김새의 닮음에서뿐만 아니라, 태도의 닮음에서도 은유는 촉발되는 것이다. 이는 이른바 형태적 상상력보다는 물질적 상상력, 외형적 닮음[相似]보다는 구조적 닮음[相同]에 가까운 것으로, 전자에 비해 후자는 겉으로는 무덤덤해 보이나 속 깊은 은유를 낳는다고 볼 수 있다. 위 사진의 형상이 모로 누워 네 다리를 뻗고 혼곤히 잠든 짐승의 모습을 떠올리게 할 뿐만 아니라, 더 나아가서는 몇몇 남은 가지들을 한쪽 방향으로만 써레처럼 펼쳐든 높은 산 고사목을 연상시키는 것도 모양보다는 자세, 형태보다는 운동이 보다 심층적인 차원에서 은유의 작동 원인이 됨을 시사한다. 그리고 이 경우에도 여전히 불안에 떠는 존재들의 고독감과 무력감은 유사한 은유들이 파급적으로 그려내는 동심원의 중심으로 기능한다는 것을 쉽게 확인할 수 있다.

그렇다면 왜 긍정적인 것보다는 부정적인 것,
행복보다는 불행이 언제나 힘 있는 은유의 동력이
되는 것일까. 어째서 기쁨은 슬픔에 비해 감동적인
은유를 만들어내지 못하는 것일까. 이와 같은 의문에 대한 해답들
은 역사적으로나 지리적으로나 널려 있지만, 어느 하나 손 닿지 않
는 등의 한구석을 긁어주는 것처럼 속 시원하지 않다. 가령 긍정적
인 것은 이미 주어져 있으므로 부정적인 것만이 인간의 몫이라거
나, 일종의 동종요법으로서 부정적인 것을 반복기억하고 응시하는
것이 긍정적인 것을 강화시키는 유일한 방법이라는 설명은 부정적
은유의 원인 규명이라기보다는 사후적事後的 동기 부여라는 느낌이
짙다. 그도 그럴 것이 어떤 원인이든 찾으려 하는 순간, 찾으려는
그 의도에 의해 숨어버리고 마는 것이다. 달리 말하자면 부정적 은
유의 원인은 찾으려는 의도와 동시에 부재로서, 혹은 상실된 것으
로서 태어나는 것이다. 진실을 구하는 것 또한 허위를 자르는 것과
마찬가지로 망상일 따름이다.

5

그러나 궁극적으로는 부정적 은유 또한 삶이라는 부정성의 바다의 한 포말에 지나지 않으며, 그러한 생각이 부추기는 우리의 탄식 또한 포말 이상의 것은 아닐 것이다. 요컨대 허무의 벼랑에 내몰린 존재의 마지막 자구책인 부정적 은유는 필경 '평지풍파'에 지나지 않으며, 그 효과는 다만 언제 어디에도 존재하지 않는 부정성을 신기루처럼 건립하는 데 있다. 존재하는 것은 긍정적인 것일 뿐이며, 부정적인 것은 긍정적인 것들의 '사이'와 '차이'로서 기능한다. 가령 옷의 단추를 차례로 끼우면 단추와 단추 사이 빈틈이 생겨나고, 그 빈틈을 드나드는 공기의 흐름을 일러 바람이라고 하지 않는가. 역설적이게도 존재에서 부재가 태어나고, 그 역은 도무지 가능하지 않다. 그럼에도 불구하고 부정적 은유는 부재에서 존재를 만들어내려는 불가능한 시도를 하려는 것이 아닐까. 혹시 폐비닐이나 플라스틱 등을 태워 그것들의 원재료인 석유를 추출해내는 최근의 기술처럼, 어쩌면 그것은 가능한 시도일 수 있을까.

6

지금까지 우리가 '부정적 은유'라고 했지만, 근본적으로는 은유 자체가 부정적이라는 사실을 밝혀야겠다. '같음'과 '같지 않음' 사이에서 '닮음'은 '같음'을 표방하지만 사이비似而非에 지나지 않으며, 실재가 아니라는 점에서는 환상이나 환각과 다름없다. 그렇다면 부재에서 존재를 만들어내려는 부정적 은유의 시도를 유화제품을 태워 석유를 추출하는 기술에 비유한 것 또한 이중의 환상, 이중의 환각이라 할 만하다. 그러나 비록 그것이 환상이나 환각과 다를 바 없다 하더라도, 은유 없이는 어떤 의미도 만들어질 수 없다는 사실을 어떻게 받아들이지 않을 수 있을까. 무작위로 흩어진 별들 가운데 몇몇을 연결하여 별자리의 이름을 만드는 방식과 같이, 은유는 본디 은유하는 자와 아무 관련이 없는 것들에게 은유하는 자 자신의 기억과 욕망을 각인시키려는 부질없는 시도이다. 은유를 통해 태어나는 한 모든 의미는 무의미에 지나지 않으며, 은유의 바깥은 몰의미, 혹은 단순히 '은유의 바깥'에 불과하다.

2. 패배자의 포효

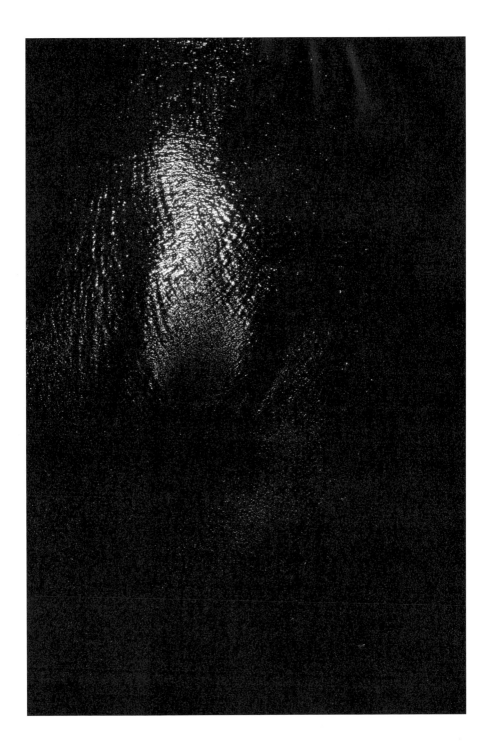

1

얼핏 보면 미루나무 등속의 둥치 껍질을 연상케 하는 사진 속의 형체는 화면을 넷으로 갈랐을 때 왼쪽 상부에 위치해 있음으로 해서, 당혹감이라기보다는 의아함을 불러일으킨다. 그러나 좀 더 자세히 보면 굽은 나무의 갈라터진 껍질로 보이던 그것은 깔끔히 씻어낸 더덕이나 도라지 같은 뿌리식물의 옹골진 몸통으로 나타난다. 어느 경우든 표면의 꺼칠함은 추위로 얼어터진 손등이나 근접 촬영한 촌로의 얼굴처럼 사람살이의 곤고함을 환기시킨다. 본디 노화의 조짐은 내부 장기보다는 살갗에 먼저 나타나며, 신체의 중요 부분보다는 말단에 더 잘 드러난다. 이를테면 갈라진 살얼음 같은 얼굴의 주름은 화장이나 성형으로 버틸 수 있지만 늘어진 목 주름살은 어찌해볼 도리가 없는 것이다. 모래 속에 얼굴을 파묻고 뻘쭘하게 엉덩이를 드러낸 타조의 도피 방법처럼 쭈그러진 목살은 홍조 띤 얼굴의 기만을 송두리째 폭로하며, 우연히 그것을 목격한 이들에게 바닥없는 연민과 공포를 동시에 느끼게 한다.

2

어째서 늙은이의 코 고는 소리가 젊은이의 코 고는 소리보다 안 쓰럽게 들리고, 늙은이보다 늙은 개의 코 고는 소리가 애처롭게 들리는가는 알 수 없지만, 분명한 것은 초라한 것은 초라한 것을 만나 더욱 초라해 보인다는 사실이다. 단지 초라한 것들만 아니라 정상을 벗어난 것들이 정상을 벗어난 상황에서 몸부림하며 자아내는 슬픔 또한 어떤 설화나 신화로도 위무할 수 없다. 가령 한쪽 날개를 잃은 곤충이 바닥에 뒤집어져 전속력으로 남은 날개를 파닥일 때, 옆에서 일으켜줄 수 있는 존재는 많지 않다. 구태여 바로 놓아준다 하더라도 이내 다시 뒤집어질 것이기 때문이다. 신자 하나를 위해서라면 교구를 세울 수도 있다는 어느 신부의 말처럼 세상 모든 기쁨을 통째로 캄캄하게 만드는 그 절망감은 구더기가 끓는 다리의 화농을 제 혀로 핥는 늙은 사자의 무력감과 무엇이 다르겠는가. 퉁퉁한 배를 드러낸 사진의 형상이 제 풀에 지쳐 숨을 몰아쉬는 날벌레를 닮아 보이는 것도 그러한 이유에서이다.

<h1 style="text-align:center">3</h1>

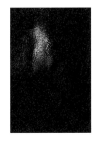

그러나 화면의 왼쪽 상부에 위치한 그 형상은 나머지 사분의 삼에 해당하는 흑암의 공간에 군림하고 있다는 점에서 누워 있다기보다는 서 있는 것이 아닌가 하는 느낌을 갖게 한다. 좁은 가슴을 열고, 허리를 비틀어 불거진 배를 과시하듯 내민 그 형상은 거의 껍질만 남은 한쪽 날개를 시위하듯 늘어뜨리고 서 있다. 화면의 상단에서 잘려버린 그의 얼굴은 산산이 흩어져 형체를 알아볼 수 없으나, 몸통만큼 굵은 하체는 여전히 맹목적인 힘으로 버티고 서 있는 까닭에, 그의 과시 혹은 포효의 포즈는 무언가 비극적이면서도 우스꽝스러운 면모를 지닌다. 아마도 그것은 자랑스러운 승리의 환호가 아니라 돌이킬 수 없는 패배의 절규일지 모른다. 하기야 자기과시야말로 보잘것없는 자기 존재에 대한 반동 형성이라는 점에서 패배의 고백이며, 모든 자기과시가 불쾌감과 비애감을 불러일으키는 것도 그 때문이라 할 수 있다. 더욱이 한쪽 날개를 잃은 존재의 과시와 포효가 어찌 승리자의 것이라 하겠는가.

4

이처럼 한 존재의 외부 형태는 그것이 간직하리
라고 추정되는 내면 심리와 불가분의 관계에 있다.
가령 남의 집에 들어와 양다리를 벌리고 앉는 것은
당분간 일어설 생각이 없다는 뜻이며, 집주인이 고개 들어 지는 해
를 바라보는 것은 이제 손님이 일어나도 좋다는 뜻이라 하듯이, 속
마음은 말에 앞서 자세를 통해 드러나는 것이다. 마치 사과의 맛과
영양을 가를 수 없듯이, 위 사진의 형상이 내비치는 슬픔과 우스꽝
스러움 또한 그것을 이루는 점과 선, 면과 부피 어디에나 내밀하게
배어 있다. 문제는 표면적으로 상치되는 것으로 보이는 슬픔과 우
스꽝스러움이 어떻게 한 형상을 이루는 여러 요소들 속에 공존할
수 있을까 하는 점이다. 하지만 희극과 비극은 한 사태의 안과 밖,
달리 말하여 행위 주체와 타자의 관점 차이일 뿐 본질적으로 다른
것이 아니다. 이를테면 햄릿은 슬픈 돈키호테이며, 돈키호테는 우
스꽝스러운 햄릿이라 할 수 있다. 예로부터 인간은 생각하고, 신은
웃는다고 하지 않았는가.

 슬픈 우스꽝스러움 혹은 우스꽝스러운 슬픔을 진하게 내비치는 사진 속 형상은 '바보 왕자'나 '광대 왕'이라 불릴 수 있으며, 시인 들의 표현을 빌리자면 '이방인' '유배된 자' '상속이 박탈된 자'라 할 것이다. 한때는 모든 것을 가졌으나 돌이킬 수 없이 영락한 존재 인 그는 두 세계대전 사이에서 클레가 그려낸 「새로운 천사」와도 흡 사하다. 이 희비극적 천사는 베냐민에게 그랬듯이, 이십 세기 전후 의 역사적 의미와 맞물릴 때 피할 수 없는 '재난'과 동시에 떨칠 수 없는 '희망'으로 다가온다. 물론 그때 희망은 어떤 안이하고 섣부른 '소망'도 발붙일 수 없는 불모의 자리로서, 어쩌면 메시아가 도래할 지도 모르는 곳이다. 물론 천 년에 한 번 내려오는 천사의 옷자락에 스쳐 거대한 바위산이 닳아 없어지는 순간이긴 하지만 말이다. 슬 픔을 온전한 슬픔이게 하기 위해서는 눈물을 보여서는 안 된다는 시몬 베이유의 금언처럼, 그곳은 또한 어떤 슬픔도 앉을 데가 없음 으로 해서 통째로 슬픔이 되는 자리이다.

그런데 잊지 말아야 할 것은 문제의 「새로운 천
사」가 한 번도 자신의 슬픔 혹은 우스꽝스러움을
생각해본 적이 없을 것이라는 점이다. 설사 누군가
칠판 위에 '당신은 미쳤다'라고 써놓았다 한들, 그것은 단순히 백묵
가루의 분포에 지나지 않을 뿐 당신이 화낼 이유는 없다. 지금까지
사진 속 형상이 머금고 있는 것으로 이야기된 감정은 그것과 닮은
다른 형상들과의 은유에 의해 드러난 것일 뿐, 대체 그 형상을 이루
는 점과 선, 면과 부피에 무슨 비극과 희극이 들어앉을 자리가 있겠
는가. 당연한 이야기이지만 그 형상의 슬픔은 은유를 만드는 자, 혹
은 자신 속에서 은유가 만들어지는 과정을 지켜보는 자의 슬픔이
다. 그렇다면 다시 슬픈 은유의 동력인 은유 만드는 자의 슬픔은 어
디에서 오는가. 은유를 통해 구성되는 인간세계 내부에서 대체 어
떤 슬픔이 은유를 통하지 않고 만들어질 수 있겠는가. 여기서 우리
는 슬픔보다 먼저 일어나고, 은유보다 먼저 드러눕는 불멸의 '악순
환'에 사로잡히고 만다.

3. 파충류의 눈빛

1

화면 가운데서 왼편으로 부스러진 소보루 빵의 모습을 하고 있는 사진 속 형상은 또한 중간에 나 있는 심한 균열로 인해 내리친 슬리퍼에 맞아 으스러진 바퀴벌레를 연상시킨다. 물론 끈끈한 하얀 체액이 묻어 있지 않은 것으로 보아 방금 일어난 일인 것 같지는 않다. 혹은 그것이 강한 힘에 짓눌려 찢어지면서 퍼져버린 병뚜껑같이 보이는 것도 아래로 내려올수록 넓게 벌어지는 균열 때문인데, 이를 확대하자면 쭈그리고 앉은 짐승의 항문이나 바다와 접한 강의

하구처럼 나타나 보인다. 더 나아가서는, 본래 한 덩어리였으나 돌연한 지각변동으로 찢겨져버린 두 개의 대륙처럼 생각되며, 둘 사이 균열은 화면의 흑색 바탕과 이어져 끝없는 대양의 입구가 된다. 동시에 사진을 바라보는 이의 주의력은 으스러지고 찢겨진 화면 속 형상으로부터 그것을 둘러싼 흑암의 공간으로 이동한다. 침묵과 고요와 망각인 암흑의 바다 위에서 상처와 죽음의 과거와 현재와 미래는 침몰하는 배처럼 희미하게 빛난다.

2

한 생명이 태어나서 상처받는 것이 아니라 태어남 자체가 상처라 하듯이, 모든 형체의 생겨남 또한 상처에서 비롯된다. 달리 말해 형체 자체가 이미 상처인 것이다. 애초에 시간과 공간이 우주와 더불어 태어난 것이기에 우주 이전과 이후의 시공을 생각할 수 없듯이, 상처보다 앞선 형체는 없으며 상처보다 나중 형체도 없다. 이를테면 형체는 상처의 운동에너지가 위치에너지로 보전된 것에 불과할 것이다. 우주의 발생과 마찬가지로 상처라는 최초 충격이 무엇 때문에, 누구에 의해 발생했는지 우리는 모른다. 흔히 우리가 사태의 주동자라고 지목하는 대상들은 대개 매개자에 지나지 않으며 그와 같은 원인 규명은 무한대로 소급하여 소멸하기 때문이다. 위 사진의 형상의 유추에서 짐작할 수 있듯이, 상처는 상처받고 태어나는 것들 스스로는 인식할 수 없는 힘의 개입에 의해 발생하며, 그 힘은 눌려 으스러진 바퀴벌레의 경우처럼 그들의 외부에서 오거나, 갈라진 땅덩어리에서처럼 내부에서 비롯된다.

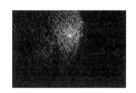

그러나 피상적인 생각과는 달리, 상처와 더불어 태어난 형체들에게는 존속하는 매순간 고통만이 주어지는 것은 아니다. 마치 투명한 빛을 잘게 갈라보면 여러 빛깔의 스펙트럼으로 나타나듯이, 무소부재의 것으로 여겨지는 고통은 희로애락 우비고뇌의 다채로운 느낌들의 다발로 이루어진 것이다. 그 느낌들은 피복을 벗긴 전선 속에 조밀하게 꼬여 있는 더 가는 전선처럼 고통의 진동을 실어 나르고 있다. 요컨대 고통 속에는 고통만 있는 것이 아니라 잠시라도 고통을 잊게 하거나 견딜 만하게 만드는 쾌락이 들어 있는 것이다. 물론 그 쾌락은 고통을 압도할 만한 것은 아니어서 결과적으로는 고통의 지배를 유지하게 하는 데 기여한다. 실제로 고통은 고통에서 쾌락을 제한 부분이며, 고통의 불교적 의미가 '불만족' 이라는 것은 이를 시사한다. 이를테면 사진 속 흑암의 바다에 떠 있는 찢겨진 형체를 이루는 것은 희미한 빛들의 응집이며, 역으로 그 빛들은 바다을 알 수 없는 어둠을 존재케 하는 것이다.

4

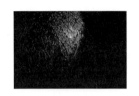
　　단적으로 말해 고통은 그 자신과 쾌락의
불가분·불가해한 합금이기에 영속할 수 있
으며, 상처와 더불어 태어난 어느 존재도 고
통을 마다하지 않는다. 이는 개체들의 성적 결합에 극도의 쾌감이
결부됨으로써 종족의 유지가 가능한 것과 흡사하다. 고통을 버리고
쾌락만을 얻겠다는 도저한 믿음들은 줄기 없이 생겨난 잎새와 같이
근거 없는 것이다. 때로 그 믿음들이 난파한 사람들에게 구명정처
럼 보일지라도 그 또한 고통이 일으키는 물거품에 불과할 것이다.
믿음은 오직 불가능한 것을 믿는 것이며, 불가능한 믿음에 매달리
는 것은 불난 목욕탕에서 두 손으로 눈만 가리고 뛰어나오는 것처
럼 맹목적이다. 고통은 숨길 수도, 잊어버릴 수도, 바꿀 수도 없는
것이기에 고통을 은폐하려는 노력들은 또 다른 고통을 만들어냄으
로써 고통을 강화할 뿐이다. 고통을 없앨 수 없음이 고통의 본질이
다. 고통을 없앨 수 없다면 가능한 유일한 위안은 고통을 없애려는
노력을 그만둠으로써 줄일 수는 있다는 것이다.

5

　고통으로부터 탈출을 시도하는 것은 고통의 근원을 알아내려고 하는 것과 마찬가지로 불가능하다. 그 사실을 인식하는 것은 불필요하게 부풀려진 고통을 제거하고 최소한의 고통을 수락하는 건강한 삶의 관건이 된다. 그것은 마치 알루미늄 캔이나 폐차를 압착하여 극도로 부피를 줄이는 것과 같으며, 더 이상 바깥에서 비 맞지 않고 추녀 밑으로 들어서는 것과 같다. 이때 부피를 줄인다는 것은 물질을 없애는 것이 아니며, 추녀 밑으로 들어선다는 것은 비를 멈추게 하는 것이 아니다. 혹은 비가 쏟아질 때 빨리 와이퍼를 작동하거나 뿌옇게 흐려진 차 안에서 환풍기를 돌리는 것과 같이 투명한 시야를 확보함으로써 자신과 타인을 상하게 하지 않는 것과 같다. 이러한 삶의 좌우명이 있다면 '오직 모를 뿐!'이며, 이러한 삶의 목표는 은총이 아니라 인내, 행복이 아니라 안심이다. 왜냐하면 갈증이 신기루를 낳듯이 은총은 고통이 일으키는 꿈이며, 제 꼬리를 문 뱀처럼 행복은 불행과 맞물려 있기 때문이다.

6

그러나 다시 한 번 인내와 안심이 고통을 제압하거나 변화시키는 것은 아니라는 사실을 염두에 둘 필요가 있다. 졸린 눈으로 바라보는 포식자 곁에서 태연히 풀을 뜯는 가젤의 무리처럼 삶은 고통 바로 옆에서, 고통과 함께 자고 먹고 새끼 친다. 그리고 막상 고통이 달려들면, 한순간 고통까지도 숨죽이게 하는 트랜스상태에서 마지막 숨을 고른다. 고통은 입을 쩍 벌리고 망연히 아래를 내려다보는 사진의 형상처럼 어떤 악의도 저의도 없이 제 속에 입력된 메커니즘에 따라 무리 없이 삶을 소화시킬 것이다. 이맘때 참으로 우리를 공포에 떨게 하는 것은 파충류를 닮은 사진 속 형상의 쩍 벌어진 입이 아니라 희미하게 빛나는 작은 눈이다. 어떤 증오도 살기도 내보이지 않고 제 속으로 침잠하는 그 희멀건 눈은 한참 먹은 것을 토해내고 눈가에 물기를 내비치는 짐승의 눈처럼 보인다. 어떤 회한도 슬픔도 묻어 있지 않은 눈물, 때로 삶 앞에서 고통이 내보이는 눈물도 그처럼 투명할 것이다.

4. 깊은 구렁 속에서

1

상단에서 내려오는 빛으로 인해 돌연 어둠 속 형체가 드러나는 사진 속 상황은 "깊은 구렁 속에서 부르짖나이다"라는 깊은 절망의 노래를 상기시킨다. 지금 위로 뚫린 구멍에서 미지근한 빛이 비처럼 쏟아져 들어오는 구덩이에서, 대벌레처럼 몸이 긴 한 존재가 달팽이 촉수 같은 머리를 뻗어 지금 자기가 왜, 어디에 와 있는지를 살핀다고 하자. 그가 자신의 불행의 원인을 파악하는 것은 근본적으로 불가능하다. 그것은 그 자신뿐만 아니라 그의 어미와 아비, 그리고 그들의 선조들까지도 애초에 이 구덩이 속에서 태어났기 때문이다. 그러나 그들의 불행보다 먼저 존재했던 이 구덩이가 그들을 낳았다고 말할 수는 없다. 어쩌면 이 구덩이 또한 그들이 태어남과 동시에 '이미 존재했던 것으로' 생겨난 것인지도 모른다. 그리고 이미 존재했던 것으로 생겨난 이상, 그것은 그들의 실제적인 불행에 반해 가상에 지나지 않을지도 모른다. 달리 말하면 그것은 그들의 불행이 일으키는 신기루에 불과할 수도 있다.

2

오랜 세월 동안, 그 구덩이가 어떻게 생겨났으며 어떻게 그 구덩이에서 벗어날 수 있을지를 이야기하는 신화들이 생겨났고 아무도 그 신화들로부터 벗어날 수 없었다. 그러니까 구덩이에 대한 신화가 구덩이를 메우면서 또 다른 구덩이가 된 것이다. 하지만 애초에 구덩이가 가상이며 신기루에 지나지 않았다면 굳이 그것의 생겨남과 그것으로부터 벗어남을 논할 필요가 있겠는가. 그런 점에서 신화란 가상의 가상이며 신기루의 신기루라 할 것이며, 이중의 망상은 실재보다 더 실재적인 것으로 자리 잡게 된다. 이른바 창조와 구원의 신비는 '존재하지 않는' 구덩이 속의 '존재하는' 불행을 '존재하지 않는' 구덩이 바깥의 '존재하는' 지복으로 바꾸려는 불가능한 시도이다. 그러나 존재하지도 않는 구덩이의 '바깥'은 존재할 수 없으며, 똥을 이리 쓸고 저리 쓸어도 똥이듯이 불행은 '지복'이 될 수 없는 것이다. 냉엄한 불행을 장엄한 시련의 드라마로 각색하는 신화는 불행을 잊게 하는 환각제로 작용할 뿐이다.

3

하지만 현실 기만의 허위로서 신화는 명백히 현실의 일부라는 점을 잊지 말아야 한다. 현실은 신화라는 허위까지도 포함해서 현실이다. 바꾸어 말하자면 비록 신화의 내용이 허위라 할지라도, 허위를 이야기하는 신화는 엄연한 현실이다. 신화는 처음도 끝도 없는 막막한 어둠 속에서 돌이킬 수 없는 현실의 불행을 규명하려는 지적인 기갈에서 나온 것으로, 이른바 현실이라 부르는 것의 파생물인 까닭에 이차적인 현실이라 할 만하다. 비록 신화가 내세우는 창조와 구원의 신비가 망상에 불과할지라도, 망상으로서의 신비는 불행한 현실 못지않게 현실적이다. 왜냐하면 보다 깊은 의미에서 '불행한 현실'이라는 관념조차 망상이 아니라는 보장은 어디에도 없기 때문이다. 도무지 모든 관념은 망念관념이며, 흔히 우리가 현실이라고 부르는 것은 망념들의 무질서한 집합이다. 여기서 무질서란 망념들이 우리 머릿속에서 태어나지만, 그것들 사이의 관계와 발생 경위는 우리의 이해 범위를 넘어서 있음을 뜻한다.

그런 점에서 은총과 구원의 신비가 허위에 지나지 않을지라도, 은총과 구원의 기다림은 그 자체로서 이미 은총과 구원이라 할 수 있다. 보다 정확히 말하자면 은총과 구원은 존재하지 않지만, 역설적으로 존재하지 않는 은총과 구원을 간구하는 것은 은총과 구원이 될 수 있다는 것이다. 흔히 우리는 공간적인 은유를 통해 은총과 구원이 위에서 아래로 내려오는 것으로 생각하지만, 그것들이 우리들의 절실한 기다림에서 태어나는 것인 한 아래에서 위로 올라가는 것이라 할 수 있다. 은총과 구원은 받는 것이 아니라 주는 것이며, 그 대상은 주는 자 자신이다. 이를테면 그것들은 자웅동체 내부에서의 자기 생식이며, 자기 살을 먹고 소화시킴으로써 먹는 운동의 에너지를 얻는 것이다. 같은 맥락에서 자기를 청정하게 하는 것은 곧 세계를 청정하게 하는 것이며, 그 역은 성립하지 않는다. 자기를 둘러싼 대상들은 자기를 비추는 거울일 뿐이며, 이미 자기 속에 있지 않은 것을 비난하거나 찬양할 수는 없다.

5

　어떤 신이 있어 우리를 만들었다 할지라도, 우리가 알고 생각하는 신은 우리를 만들 수 없음이 분명하다. 왜냐하면 그 신은 우리의 앎과 생각의 범위를 벗어날 수 없으며, 따라서 우리의 앎과 생각을 지어낼 수 있을 정도의 앎과 생각을 가질 수 없기 때문이다. 곧이곧대로 말하자면 그 신은 우리 자신의 지적 수준과 동등하거나, 더 나쁜 경우에는 그보다 열등한 수준을 지녔을 것이다. 이는 인간의 역사보다 더 유치하고 몽매한 신(들)의 역사를 돌아볼 때 명백히 확인되는 사실이다. 기껏해야 우리와 동등한 앎과 생각을 지닌 신이 우리의 불행을 바라보며 안타까워하더라도 어떤 도움의 손길도 내줄 수 없을 것이다. 수 미터 깊이의 농수로에 빠진 새끼를 잠시 내려다보다 어둠 속으로 사라지는 어미 고라니나, 다른 종족의 고래들에게 새끼를 낚아채인 후 별반 망설임도 없이 뉘엿뉘엿 무리 뒤를 좇아가는 어미 혹등고래처럼, 우리만큼 혹은 우리보다 더 무력한 신이 해줄 수 있는 것은 아무것도 없다.

6

이맘때 가느다란 촉수를 달고 쏟아지는 빛을 향해 고개를 쳐든 사진 속 형상은 깊은 구렁 속에서 자신이 만들어내는 은총과 구원을 되새김하는 목이 긴 곤충처럼 보인다. 그의 몸은 목마름과 두려움 때문에 콩나물 줄기처럼 뻗어오르고, 꽃 진 파 대궁 같은 그의 얼굴은 쏟아지는 허무의 빛 속에 뭉개지고 있다. 그런데 곰곰이 들여다보면 빛이 새어드는 캄캄한 구렁 속에 그 혼자만 있는 것이 아니다. 오른쪽으로 그와 닮은 두엇의 형체가 빛을 향해 모가지를 내밀고 있는 것이다. 그의 불행은 그들과 함께 있음으로 해서 줄어드는 것일까. 하지만 일전에 한 동물원에서 있었던 일을 생각하면 꼭 그런 것만은 아닌 듯하다. 사육사가 던져주는 생닭을 낚아채려던 수사자가 수 미터 아래 구덩이로 떨어지자, 옆 우리 암호랑이가 미쳐 날뛰다가 구덩이 사이 격벽을 타 넘고 수사자 옆에 떨어졌다. 제정신이 아닌 수사자는 암호랑이를 물어 죽였다. 순간적으로 벌어진 일이지만, 같이 있다 보면 종종 생기는 일이다.

5. 의미의 벼랑에서

1

때로 우리를 당혹스럽게 하는 것은 그것이 당혹
스러운 만큼 그 까닭 또한 좀처럼 드러내 보이지 않
는다. 당혹스러운 연유가 밝혀진다면 당혹스러움
또한 조만간 사라질 것이기 때문이다. 지금 우리가 바라보는 사진
이 당혹스러운 것은 아마도 사진 속 형체가 어느 하나의 존재나 사
태로 쉽게 은유될 수 없기 때문일 것이다. 보다 정확히 말하면 위
사진의 형체는 몇 가지 존재나 사태로 은유될 수도 있지만, 어느 하
나도 결정적이지 않아서 홈이 덜 팬 판 위에서 구슬이 떠돌 듯이 의

미화 과정은 지체되며, 그로 인해 당혹감은 더욱 커진다. 마치 어떤 인물(동물)이나 사물을 적확하게 대입할 수 없어 하나의 별자리로 고정되지 못하는 별들의 무리처럼, 어느 존재나 사태로도 쉽게 의미화(인간화) 될 수 없는 사진 속 형체는 의미와 몰-의미 혹은 유의미와 무의미 사이에 걸쳐 있는 것처럼 보인다. 지금 우리가 느끼는 당혹스러움은 의미의 벼랑에 가까스로 매달린 사진 속 형상 자신의 당혹스러움일지도 모른다.

2

　은유화 또는 의미화 과정이란 스스로 의미를 부여함과 동시에 발견(재발견)하는 야바위놀음이다. 또한 그것은 은유화되는 대상의 일부 요소들만 선택함으로써 결과적으로 나머지 요소들을 배제하는 까닭에 필연적으로 대상에 대한 왜곡이 아닐 수 없으며, 그런 점에서 착각이나 환상과 다를 바 없다. 은유에 의해 설립되는 문화와 사회는 공동환상이며, 그것들이 참된 것으로 받아들여지는 것은 다수가 믿고 받아들인다는 것 외에 다른 이유가 없다. 세계와 역사의 토대가 되는 집단환상이란 다수가 공유하는 환상이기에 진실로 간주되는 것이다. 문제는 환상이라는 진실 외에 별도의 진실이 존재하는 것은 아니라는 점이다. 다시 말해 진실은 환상이 태어남과 동시에 이미 '상실된 것'으로 생겨나는 것이며, 결과적으로 환상이라는 진실만이 남게 되는 것이다. 지금 우리가 바라보는 사진은 마치 개들이 여러 마리 새끼를 낳듯 은유가 낳는 환상이 하나가 아니라는 점을 보여줌으로써 우리를 당혹케 한다.

 우선 사진 속 형상은 착륙을 앞둔 비행기에서 내려다보는 도시의 밤 풍경을 연상케 한다. 바깥으로 불빛의 선을 따라 경계 지어진 도시의 내부는 금빛 가루를 쏟아놓은 듯하고, 화면 뒤에 자석을 갖다 대면 불빛들도 따라 움직일 듯하다. 오른쪽 경계를 따라 흘러내려 검은 바다로 사라지는 강은 도시의 내부에서 시작된 것으로 도시의 일부이기도 하다. 마치 허파에서 입으로 난 구멍이 몸의 일부로서 몸을 살아 있게 하는 것과 같이, 강은 바다에 흘러들어감으로써 도시를 숨 쉬게 한다. 모든 존재는 구멍이 뚫려 있음으로 존재할 수 있으며, 구멍 뚫린 존재이기에 바로 그 존재가 아니라 할 수 있다. 또한 우리 몸속의 물이 흐르는 냇물과 다른 물이 아니듯이, 강은 육지로 인해 고립된 바다 혹은 육지로 들어와 가늘어진 바다라 할 수 있으며, 이는 몸을 매개로 한 삶과 죽음의 얽힘에서도 발견할 수 있는 관계이다. 삶은 몸속에 들어와 고립된 죽음 혹은 몸으로 들어와 부드러워진 죽음이라 할 수 있다.

사진 속 형상이 불러일으키는 또 다른 공간적
은유는 밤의 우듬지에 세워진 장막이다. 내부의 강
한 불빛으로 인하여 테두리까지 빛으로 번쩍이는
그 장막은 그곳에 거주하는 인물들의 움직임이나 실루엣조차 보이
지 않음으로 인해 적이 신비롭고 성스럽게 보인다. 그것은 유목하
는 무리들의 우두머리가 머무르는 천막이거나, 어떤 엄혹하고 광신
적인 종교의식이 행해지는 성전일 수도 있다. 예를 들어 그것은 늦
게 둔 아들을 기쁜 눈으로 바라보는 연로한 족장의 장막이거나, 밤
새도록 통회와 간구의 아우성이 들려오는 종말론적 신앙의 장막일
수도 있다. 어떻든 그와 같은 이국적이고 이교적인 상상을 낳는 것
은 '빛'과 '어둠'과 '경계'의 세 요소라 할 수 있는데, 깊이 들여다
보면 그 셋은 마치 프라이팬 위의 계란부침처럼 본래 하나의 알에
서 나온 것으로 볼 수 있다. 그리고 장막 주위로 떠도는 빛들은 우
주 발생시 사건의 경계를 넘어가서 아직도 지구에 도달하지 못한
빛들의 은유로 보이기도 한다.

5

그러나 사진 속 형상이 단지 수평적이거나 수직적인 공간의 연상을 불러일으키는 것만은 아니다. 그것은 침팬지나 고릴라같이 거대한 몸집을 지닌 유인원이 엉거주춤 서 있는 모습을 생각게 하는데, 어두운 밤 달빛을 받아 환히 드러나는 털북숭이 몸체에 비해 다소 작은 얼굴과 왼쪽으로 기울어진 불안정한 자세로 인해 수습할 수 없는 슬픔과 낙담 같은 것을 느끼게 한다. 하지만 자세히 들여다보면 그 우람한 몸체 안에는 얼굴이 문드러진 또 다른 존재가 드러나는데, 그것의 가슴은 좁고 팔은 가늘어서 다시 그것이 일으키는 슬픔과 낙담은 슬픔 속의 슬픔, 낙담 속의 낙담이라 할 만하다. 마치 부서진 옹관 속의 등신불이나 바윗덩어리에 새겨진 마애불처럼 세월과 비바람에 형체가 마모된 그 존재의 낙담과 슬픔은 살며시 건드리기만 해도 부서져 내릴 듯하다. 아마도 그 존재의 내부를 다시 들여다보면 그의 슬픔과 낙담을 닮은 또 다른 존재를 발견할 것이고, 그 과정은 되풀이될 것이다.

6

 이쯤에서 우리는 이 사진이 자아내는 당혹감의 또 다른 연유를 짐작해볼 수 있다. 그것은 사진 속 형상이 수직적이거나 수평적인 공간의 연상을 불러일으키는 동시에 어떤 인물(동물)이나 사물의 모습을 상기시키는 데서 오는 당혹감일 수 있다. 즉 사진 속 형상의 매개로 공간과 존재 사이에 은유가 성립하게 되며, 이와 같은 은유들의 은유가 우리들이 느끼는 당혹감의 또 다른 원천이 될 수 있는 것이다. 말을 바꾸면 사진 속 형상은 바라보는 이의 뇌리에 전혀 다른 범주와 속성의 대상들을 동시에 떠올리게 함으로써 스스로 불투명한 의미의 혼돈 속에 빠져드는 것처럼 보인다. 그 혼돈은 예컨대 '짐은 국가다' '예수는 신이다' 같은 무한판단이 일으키는 논리적 장애와 마찬가지로 무지몽매의 근원인 동시에 신비적 체험의 단초가 된다. 하지만 뭇 은유들이 같은 범주, 같은 속성의 대상들 사이에서 이루어진다는 보장이 어디 있겠는가. 손바닥과 해가 같은 크기로 보이듯이 우리의 인식은 마구잡이이다.

6. 구멍의 상징학

1

 어슴푸레 흘러내리는 몇 개의 빛의 띠와 한구석의 불빛으로 인해 미지의 동굴을 연상 시키는 이 사진은 삶과 세계의 통로가 되는 구멍의 상징학을 드러내는 좋은 예가 된다. 비록 사진 속 형체가 상 단 중간에서 오른쪽으로 삐쳐진 짧은 빛의 선으로 인해 벌어진 장 막의 내부로 보이기도 하지만, 깊이를 드러내지 않는 내부의 어둠 이 바깥의 어둠과 한 덩어리를 이룸으로써 자연스럽게 연상은 장막 에서 동굴로 옮아간다. 이를테면 그것은 오른쪽 모퉁이에서 비스듬

히 바라본 기차 터널의 입구거나, 기묘한 형상들이 불쑥불쑥 모습을 드러내는 석회암 동굴의 입구거나, 고된 채굴작업이 이루어지고 있는 갱도의 입구거나, 그도 아니면 카다콤 같은 지하 공동묘지의 입구일 수 있다. 어떻든 분명한 것은 왼쪽 아래의 환한 불빛으로 인해 그것이 구멍의 입구로 보일 뿐 출구로 생각되지는 않는다는 점이다. 마치 봄옷을 가을에 입으면 어색한 생각이 들듯이 사진 속 형상에도 앞과 뒤, 위와 아래가 짐작되는 것이다.

2

그러나 입구와 출구는 바라보는 자의 위치와 시선에 따라 결정될 뿐 사실은 별개의 것이 아니라는 생각도 해볼 수 있다. 위 사진의 형상이 동굴의 초입으로 보였던 것은 바라보는 자가 의식적이든 무의식적이든 동굴의 바깥에서 그 안을 살피려는 의향을 가졌기 때문으로 볼 수 있고, 혹시 이미 안을 둘러보고 바깥으로 나오려던 자가 문득 뒤돌아본다면 지금까지 입구로만 여겨졌던 구멍은 출구로 바뀔 것이다. 위치와 시선에 따라서 같은 언덕이 오르막과 내리막으로 불릴 수 있듯이, 그리고 같은 언덕을 두고 빛 드는 쪽을 양陽이라 하고, 그늘진 쪽을 음陰이라 하듯이 상승과 하강, 시작과 종말, 생성과 소멸은 실상 다른 것이 아니다. 마치 여자가 출가하면 처녀로서는 끝이지만 유부녀로서는 시작이듯이, 처음은 끝의 처음이고 끝은 처음의 끝이다. 앞에서 든 비유를 빌리자면, 봄옷을 가을에 입거나 가을옷을 봄에 입어서는 안 될 하등의 이유가 없다. 문제는 옷에 있지 않고 입는 자의 느낌에 달려 있다.

3

 그런데 이제 지금까지 동굴의 내부로 생
각해왔던 사진 속 형상의 규모를 축소하여 쩍
벌어져 내부가 훤히 들여다보이는 입이라고
가정해보자. 방금 건져 올린 소라고둥의 맑은 속살이 드러나는 내
부처럼 보이는 그 입은 상어처럼 거대한 물고기의 흉포한 입일 수
도 있지만, 거울을 머리에 단 이비인후과 의사의 눈에 비치는 입,
가까스로 목젖까지 들여다보이는 입일 수도 있다. 입은 동굴과 마
찬가지로 입구이면서 동시에 출구이다. 먹고 토하고, 웃고 울고, 고
함치고 하품하고, 키스하고 물어뜯고, 칭찬하고 험담하고, 축복하
고 저주하는 입은 삶이 꿈틀거리는 최선과 최악의 통로이다. 그러
나 비록 최악의 통로라 하더라도 잘못이 입에 있지 않다는 사실은
명백하다. 입 안에 넣기까지 그토록 정갈하게 마련한 음식도 일단
입 안으로 들어갔다 나오면 그보다 불결할 수가 없다. 아이가 토한
것을 맛있게 걷어 먹는 엄마가 없듯이, 어떤 지극한 사랑도 입에 결
부된 관념의 오염을 정화시킬 수 없는 것이다.

4

사진 속 형상이 상기시키는 그 입은 인체
의 또 다른 입이라 할 수 있는 여자의 음문陰
門과 닮아 있다. 가령 산부인과 의사가 집게
로 벌리고 들여다보는 질膣의 내부는 저처럼 완곡한 주름과 물렁한
외벽, 그리고 물기로 빛나는 알집으로 이루어진 것이 아닐까. 온갖
상스러운 욕의 진원지이면서 순결하고 신비로운 모성의 성소, 미적
으로는 아무런 매력을 갖지 못할뿐더러 때로는 역겨움을 불러일으
키는 그곳이 미칠 듯한 호기심과 흥분을 자아내는 까닭은 애당초
성적인 것으로 코드화된 우리의 인식 너머에 있다. 단지 우리가 말
할 수 있는 것은 종족 번식과 유지를 위해 가장 많은 환상이 투여된
그곳에 세계의 발생과 존속의 비밀이 깃들어 있다는 사실이다. 그
비밀의 압축파일을 풀지 못하는 한 우리는 성적인 것의 주체가 아
니라 노예이며, 도무지 납득할 수 없는 이유로 생명을 탄생시킨 악
의적인 존재의 노리개에 지나지 않는다. 이를테면 대대로 천형 받
은 가축들처럼 우리 또한 저주받은 것이다.

5

　　이처럼 구멍과 환상은 불가분리의 관계에 있어서 그것들 사이의 선후를 짐작하기란 쉽지 않다. 가령 벽과 벽 사이를 지나는 공기를 바람이라 한다는 식으로는 구멍이 환상보다 먼저일 테지만, 물이 보도블록 틈을 채우고 흐르는 것처럼 환상이 구멍보다 앞서 존재하는 것으로 볼 수도 있다. 이는 욕망의 근원이 결핍이냐 잉여냐 하는 논란과 크게 다르지 않으며, 환상과 구멍의 기능이 적극적인가 소극적인가, 또한 그것들을 매개로 하는 생명현상의 의미가 긍정적인가 부정적인가 하는 문제와 연결된다고 할 수 있다. 구멍이 먼저 존재할 때 환상은 '허깨비'로서 부정적인 의미를 띠지만, 구멍보다 앞서 존재할 때 그것은 '에너지'로서 긍정적인 의미를 가지는 것이다. 그러나 지금 살아 있다는 것이 매 순간 죽어가고 있다는 사실의 이면이듯이, 구멍과 환상의 시작과 끝을 모르는 우리로서는 그것들이 동시 발생적 관계 속에 놓여 있다는 짐작만으로 만족해야 할 듯하다. 그 너머의 추측 또한 환상이기 때문이다.

여기서 하나 덧붙여야 할 것은 미로처럼 굴곡이 많은 음문이 다른 구멍보다 더 많은 환상을 야기하는 것처럼 보이지만, 구강성교와 항문성교 등 도착적 성행위에 대한 취향이 존속하는 것을 보면 꼭 그렇지만은 않다는 점이다. 환상의 정상적인 소통보다 그것을 위배하는 행위에 대한 환상이 더 큰 강밀도를 가질 수 있기 때문이다. 이처럼 환상의 에너지가 투여되는 구멍은 존재 내부에 있으면서 존재와 이질적이며, 존재를 대표하거나 전복할 수도 있다. 영어의 동음이의어를 빌리자면 구멍hole은 곧 전체whole이다. 또한 구멍은 그 기능과 존재 방식에 따라 '검은 구멍' '흰 구멍' '벌레 구멍' 등 천체물리학적으로 분류될 수도 있을 것이다. 인간은 구멍에서 나서, 구멍에서 살다가, 구멍으로 돌아간다. 구멍에서 산다는 것은 부단히 구멍을 찾아 헤매면서 동시에 구멍을 만들어내는 것이고, 매장에 비해 수장과 풍장과 화장이 낯설어 보이는 것은 우리가 언젠가 구멍으로 돌아가야 하는 존재이기 때문이다.

7. 망각으로서의 구멍

1

　　　　　　　　꺼칠한 빛의 표면에 무정형의 세 개의 구
멍이 뚫려 있는 사진 속 형상은 환상의 유인
장소이면서 동시에 발생 장소인 앞서의 구멍
과는 또 다른 상징학을 보여준다. 그 구멍들은 내부의 어떤 불빛도
보여주지 않고 검게 닫혀 있으므로 부재와 상실의 흔적으로 비치
며, 간헐적인 정전과도 같은 불안하고 불안정한 정서를 불러일으킨
다. 이를테면 그 정서는 어떤 기억의 외부적 형태는 감지되나 그 내
용들을 채워넣을 수 없을 때 맞닥뜨리는 막막한 무력감과 다른 것

이 아니며, 그로 인해 기억 주체는 존재 기반 자체가 흔들리는 불편한 경험을 하게 된다. 그것은 기억하지 못하는 몇몇 세부들로 인해 사태의 전모뿐만 아니라 그의 삶 전체가 돌연 의문에 붙여지게 되기 때문이다. 예컨대 계절이 바뀌어 지난해 쌓아둔 옷상자에서 늘 아껴 입던 옷을 찾을 수 없을 때, 혹은 늘 입고 다녔는데도 그런 옷을 입었다고는 꿈에도 생각해본 적이 없을 때, 자신의 삶 전부가 한순간에 흔들리는 공황상태에 이르게 된다.

2

　사진 속 형상이 깊은 산골짜기에서 주워 온 동물의 두개골을 연
상시키는 것도 비바람에 표백된 표면과 뇌수가 빠져나간 휑한 구멍
을 생각하게 해주기 때문이다. 한때 그 사나운 짐승을 달뜨게 하였
던 욕망과 쾌락, 불안과 공포가 서려 있던 구멍은 이제 무뇌아의 두
개골처럼 텅 비어 있고 어떤 통회와 간구의 기도로도, 어떤 자비와
은총의 손길로도 다시 채워질 것 같지 않다. 차라리 두개골이 갈라
져 내부의 어둠이 사라진다면 구멍들이 일으키는 질식과 공포의 느
낌은 진정되리라. 어쩌면 죽은 이의 두개골을 망치로 내리쳐 한 방
에 부숴버린다거나 뇌수를 파낸 두개골에 미숫가루를 부어 돌려가
며 마신다는 변방 소수민족들의 풍습은 구멍 속에 도사린 어둠을
걷어내기 위한 효과적인 방편들이었을까. 그처럼 구멍 속 어둠이
일으키는 두려움으로 인해 문명과 야만의 경계는 쉽게 지워져버린
다. 달리 말해 잔인하고 혐오스러운 야만의 습속을 이용해 구멍 속
어둠을 제압하는 것은 문명의 또 다른 전략이다.

3

　뿐만 아니라 사진 속에 뚫려 있는 무정형의 구멍들은 오래된 장롱에서 꺼낸 좀먹은 비단옷이나 공터 소각장에서 찾아낸 타다 만 서류의 구멍들을 연상시킨다. 토막 난 등뼈나 연근의 내부와는 달리 불규칙한 형태로 파괴적인 힘의 진행 방향을 가리켜 보이는 그 구멍들은 그것들이 나 있는 공간 전체를 돌이킬 수 없이 무용하고 무의미하게 만든다. 어쩌면 알츠하이머 환자들의 기억회로에도 같은 모양의 구멍들이 나 있을 것이라고 생각해보지만, 머지않아 이 생각에도 같은 모양의 구멍들이 뚫리리라. 삶이 죽음의 과정인 것과 같이 기억은 망각의 과정이다. 지금 우리의 두뇌에 작은 구멍들이 나 있어도 좀처럼 인식하지 못하는 것은 우리의 인식에도 구멍이 뚫려 있기 때문인지 모른다. 어느 요양원 치매 노파가 지극 정성으로 뒷바라지하는 남편을 못 알아보고 다른 치매 노인과 사랑에 빠졌다 하니, 지금 우리가 사랑하는 것이 또 다른 사랑의 망각 위에 이루어지지 않는다는 것을 어떻게 보장하겠는가.

4

그리하여 흡사 광우병 걸린 소의 뇌수를 절개해놓은 듯한 사진 속 형상의 구멍들은 바라보는 이를 잠시 잠깐 트랜스상태에 빠져들게 한다. 검은 물웅덩이 같은 망각의 구멍들이 불러일으키는 망연함과 속절없음은 우연한 스침으로 일상의 껍질이 벗겨지면서 느닷없이 드러나는 생의 맨얼굴이 자아내는 공포감과 다른 것이 아니다. 그러나 그 공포감은 또한 북소리도 아우성도 들리지 않는 전투 장면처럼 고요하고 차분하기만 한 것이어서, 깊은 물 밑바닥에 발이 닿았을 때의 안도감 같은 것을 느끼게도 한다. 이를테면 어떤 곤경의 막바지에 이른 사람이 "아, 이제 올 데까지 왔구나!" 하는 탄식도 그러하리라. 더욱이 기름기 머금은 듯 윤기 나는 구멍들 위로 쏟아져내리는 자잘한 빛의 알갱이들은 여전히 아름다운 생은 진행 중이며 행복의 가능성은 발밑에 널려 있다는 암시로 비칠 수도 있다. 마치 외진 골짜기에 뼛가루를 나누어 뿌리고 말없이 돌아오는 가족들의 눈에 비치는 구름 한 점 없는 하늘처럼.

5

　삶이 기억으로 유지된다는 말이 맞다면 망각으로 존속될 수 있다는 것도 사실이다. 뜨개질바늘처럼 촘촘히 삶의 피륙을 짜내는 기억은 또한 예리한 칼과 같아서 슬픔과 절망이 그 손잡이를 들면 오랫동안 공들인 보람도 한순간에 베어버릴 수 있는 까닭에, 언제 무슨 짓을 할지 모르는 기억의 주위에는 항시 망각이 지켜보고 있다. 마치 비정하고 외골수인 아버지 앞에서 유약한 아들을 감싸는 어머니처럼 망각은 기억의 압제로부터 삶을 보호하는 것이다. 그런 점에서 타다 남은 종이처럼 꺼뭇한 구멍들을 보여주는 사진 속 형상은 거부도 수락도 할 수 없는 기억들을 자동적으로 말소한 흔적처럼 보인다. 마치 병균에 대항하는 흰피톨같이 고통스러운 기억들을 감싸고 죽은 무의식의 시체처럼 보이는 그 구멍들은 기억에 쫓기는 주체가 잠시 숨 돌릴 수 있는 피신처가 된다. 이제 그 흔적이 물이 빠져나간 개펄에 작은 게나 낙지 같은 것들이 숨어들면서 남겨놓은 구멍들처럼 보이는 것도 같은 까닭이다.

6

 기억의 소실로서의 망각이 보호와 피난의
장소로 기능한다는 점에서 사진 속 형상이 드
러내는 검은 얼룩들은 아름드리 고목의 둥치
여기저기에 뚫려 있는 구멍처럼 보이기도 한다. 그 구멍들이 둥치
중간에 나 있다면 사슴벌레나 장수하늘소가 깃들일 테고, 지면 가
까이 뚫린 것이라면 들쥐나 고양이가 드나들 것이다. 또한 그것들
이 닳고 닳아 모래알갱이까지 비치는 미끄러운 암벽에 뚫린 구멍이
라면 여우나 스라소니 같은 예민한 짐승들의 서식지가 될 테고, 그
보다 더 옛날이라면 들짐승에 가까운 인간의 선조들이 추위와 공포
를 이기던 동굴이었을지도 모른다. 하지만 아직도 변방 어느 부족
은 매나 독수리들만이 드나들 수 있는 깎아지른 절벽 중간의 구멍
속에 죽은 사람들을 장사지낸다 하니, 망각의 수월한 장소인 구멍
은 동시에 견딜 수 없는, 그러나 견뎌야만 하는 기억의 공간임이 틀
림없다. 들숨과 날숨이 하나의 입을 경유하듯이, 기억과 망각은 하
나의 구멍을 통해 삶과 죽음을 호흡하는 것이다.

8. 우물이 나귀를 엿볼 때

1

　　당연한 이야기이지만 우리 앞에 놓인 대상의 의
미는 함께 있는 것(들)과의 관계에서 드러난다. 이
는 최소한 두 개의 점이 선을 이루고, 세 개의 선이
면을 이루며, 네 개의 면이 입체를 이룰 수 있는 것과 마찬가지다.
비록 대상이 삼차원 속에 놓여 있다는 것을 알지만 우리의 감각은
이차원으로 파악할 수밖에 없는 까닭에 입체적 수준의 다의미는 유
추를 통하지 않고서는 온전히 파악되지 않으며, 하물며 시공간 복
합체인 사차원 대상을 이차원에 옮겨 그리기란 불가능한 일이다.

이는 대개 사태의 추이를 다섯 가지 이하로 구분하는 인간 인식의 한계와 맞닿아 있는 것으로, 그 이상의 구분은 구분으로서의 의미를 잃는다. 즉 무와 무한 사이에 놓여 있는 의미는 무와 근접해 있는 것이다. 그렇다면 홀로 있을 때, 대상은 아무 의미도 갖지 못하는가. 그렇지 않다. 대상은 세부들로 이루어져 있으며, 의미는 세부들 사이의 관계에서 태어난다. 관계가 성립하지 않는다면 의미도 대상도 존재할 수 없다.

2

한 대상이 대상으로서 의미를 가지려면, 그것을 이루는 부분들
이 동일한 차원에서 의미를 주고받는 관계에 있어야 하며, 그 의미
란 세부들의 시공간적 동질성을 담보로 하여, 바라보는 이가 빌려
주는 것에 불과하다. 한 대상의 의미는 전적으로 바라보는 이의 의
지와 변덕의 소산이다. 이를테면 볼펜으로 남의 눈을 찌른다거나
물파스로 바닥의 얼룩을 닦아내는 격으로 주체는 대상을 전유한다.
지금 우리 앞의 사진 속 형상이 물기 빛나는 암벽지층의 단면이거
나, 진펄에 가라앉은 난파선의 잔해처럼 보이는 것도 세부들을 통
해 드러나는 우리 자신의 경험이며 역사이다. 더 나아가 때로 우리
는 순전히 우연에 맡겨진 형상들을 임의로 채취해 미지의 경험과
역사를 읽어내려 하는데, 그때 그것들은 암호문자로 기능한다. 들
소의 배를 갈라 엉킨 내장들의 꼴을 보고 전투대형을 결정하거나,
거북의 항문에 벌겋게 달군 송곳을 쑤셔넣고 먹물을 토하게 해 그
분포도로 길흉을 점치는 것도 그러한 예에 속한다.

3

　지금 우리가 바라보는 사진 속 형상이 절개된 지층이나 해체된 마룻바닥을 연상시킨다 해도 여전히 미진한 느낌이 남는 것은 그 세부들을 온전하게 조합해 본래의 형상을 복원할 수 없기 때문이다. 거의 다 직선으로 잘린 채 나란히 모여 있는 세부들은 일견 하나의 덩어리에서 갈라져 나온 듯하나, 그것들 하나하나에 나 있는 틈새를 메울 파편들이 보이지 않거나 혹 보인다 하더라도 틈새의 크기와는 맞지 않아 바라보는 눈길을 불편하게 만든다. 그 불편함은 정신없이 퍼즐을 맞추는 아이나 이상異狀심리를 탐구하는 분석가가 결여된 조각들을 찾을 수 없을 때 느끼는 안타까움과 다른 것이 아닐 것이다. 그처럼 사진 속의 형상은 심증은 가나 가능한 시나리오를 구성하기에는 공백이 많은 범죄사건 같아서 계속해서 확신과 확증을 유보시키며, 그 때문에 호기심과 신비감을 유지한다. 바꾸어 말하면 형상의 의미가 확정되면 형상은 묻혀버리고, 형상의 사라짐과 더불어 형상의 의미도 굳어져버리는 것이다.

4

이제 다시 사진 속 형상이 어두운 동굴 속에 집단매장된 시신들로 연상되는 것도 부분적인 결손으로 인해 의미의 확정이 불가능하기 때문이다. 이를테면 집 짓는 자가 버린 모퉁잇돌이 새로 짓는 집의 주춧돌이 되듯이, 의미의 불완전은 또 다른 의미의 태어남을 가능하게 한다. 이따금 발견되는 고대인들의 유골처럼 지금 사진 속 형상이 보여주는 사체들은 한결같이 예리한 흉기에 난자당한 흔적을 드러내고 있다. 그들의 목과 가슴 부위는 깊이 함몰되었거나 아예 잘려나간 듯이 보이며, 검은 바닥에 모로 누운 그들의 자세는 참극이 있었던 그날과 다름없어 보인다. 그들의 행복은 무른 살처럼 사라져버렸지만, 그들의 불행은 훼손된 뼈처럼 발굴되고 기억되기를 기다리고 있었다. 그러나 마침내 발굴되고 기억된 불행은 고운 먼지에 싸여 더없이 평화로워 보이며, 불행을 잊어버린 얼굴에는 옅은 미소까지 어려 있는 듯하다. 마치 자기 치욕을 기억하는 이들에게 자신은 이미 잊었다고 말하는 사람처럼.

5

　그처럼 사진의 형상이 파열된 흔적들을 보여주면서도 결코 음울하거나 불길한 느낌을 일으키지 않는 까닭은 가운데 밝게 드러나는 삼각형 파편에 있는 것으로 짐작된다. 이제 사진 속 상황은 열을 지어 예를 올리는 각국 사신들을 묘사한 고분벽화의 한 장면처럼 보인다. 공손하게 읍한 세 번째 인물이 거울처럼 빛나는 예물을 들어, 양손을 벌린 두 번째 인물에게 전하는 듯이 보이는 이 장면에서 윤곽이 희미한 첫 번째와 네 번째 인물들은 예식에 참여한 들러리로 생각된다. 혹은 체구의 차이로 인해 첫 번째와 두 번째 인물은 여자로 보이고 세 번째 네 번째 인물은 남자로 비치는 까닭에 이 장면이 고대의 혼례를 묘사한 것으로 생각될 수도 있다. 캄캄한 어둠 속에서 수천 년 만에 깨어난 그들의 기쁨은 이제 막 혼례가 치러지는 듯 생생하고, 귀 기울이면 서약을 주고받는 그들의 떨리는 목소리도 들릴 듯하다. 지금 우리가 그들을 지켜보고 있다는 것을 알면 사진 속에 숨어 있던 그들은 얼마나 놀랄까.

그러나 사진 속 숨은 인물들을 발견하고 우리가 기뻐할 때 사실은 그들이 우리를 바라보며 미소 지을지 모른다. 예컨대 우리가 심연을 보는 것이 아니라 심연이 우리를 보는 것이며, 나귀가 우물을 엿보는 것이 아니라 우물이 나귀를 엿보는 것이다. 혹은 나르시스가 샘물에 얼굴을 비춰볼 때 샘물은 그의 눈에 비친 제 모습을 바라보는 것이다. 그와 마찬가지로 사실적인 그림에서 개개의 사물들을 식별할 때, 우리의 무의식은 색채의 조화와 형태의 율동에 반응한다. 사실화를 바라보면서 우리는 추상화에 붙들리며, 그때 형상들의 의미는 미완의 상태 속에 유보된다. 일단 의미가 정해지면 형상들은 사라져버릴 것이고, 형상들을 떠난 의미는 굳어져버린 것이기 때문이다. 진선미를 추구하는 어느 분야에서든 필사적으로 의미를 지연시키는 것은 의미를 살려내기 위한 방편이다. 이 서방이 마시는데 김 서방이 취하고, 남산의 소가 풀을 뜯으니 북산의 소가 배가 부르는 이치를 형상들은 본래 알고 있다.

9. 비관적 인식론과 실존적 윤리학

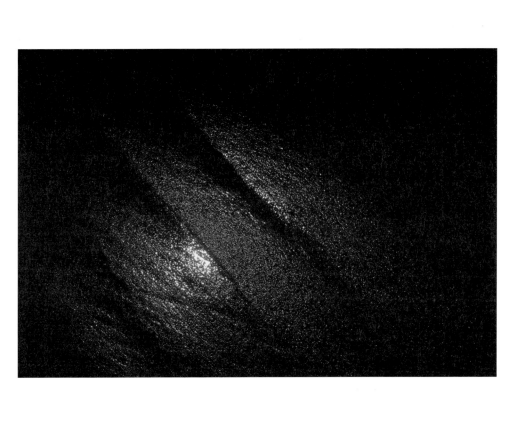

1

왼쪽 상부에서 오른쪽 하부로 두 개의 기
둥이 대각선 방향으로 나 있고, 그 아래 밝은
불빛의 얼룩이 퍼져 어른거리는 사진 속 형상
은 애초에 의미의 생성이 가변적이라는 사실을 보여주는 한 예가
된다. 거친 시멘트 바닥이나 부식된 쇠붙이를 연상시키는 꺼칠한
표면의 두 기둥 가운데 위의 것은 희미한 빛의 입자들이 고르게 분
포된 데 비해, 아래 기둥의 측면 일부는 빛의 얼룩 가장자리에 비길
만큼 밝아 보인다. 그것을 알아차림과 동시에 변덕스러운 우리의

상상은 두 번째 것은 기둥이 아니라 아래로 퍼져나간 빛의 얼룩의 연장이며, 직선으로 뻗은 굵은 기둥 하나가 환하게 타오르는 빛의 웅덩이 중심 위로 걸쳐져 있다는 판단을 내리게 된다. 그리고 다시 그 기둥은 바라보는 순간 우리의 심사에 따라 현실적이거나 환상적인 모습으로 구체화된다. 즉 그것은 바닥에 가라앉은 달이 새알처럼 퍼져 흐르는 냇물의 외나무다리거나, 아비규환의 지옥 타오르는 유황불이 내려다보이는 외길일 수도 있다.

2

그러나 잠시 그러한 엉뚱한 생각에서 벗어나 사진의 형상을 들여다보면, 밝은 빛의 얼룩 옆으로 다시 두 개의 굵은 기둥이 놓여 있는 것으로 보인다. 마치 역으로 들어오는 기차의 선로가 간단한 조작으로 바뀌어버리듯이, 다시 빛의 웅덩이 일부가 기둥으로 바뀌는 것이다. 보다 정확히 말해, 빛의 웅덩이 일부가 기둥으로 바뀌거나 기둥이 빛의 웅덩이 일부로 바뀌는 것이 아니라, 동일한 형체를 바라보는 순간마다 우리의 상상이 교체되는 것이다. 위 비유에 대입하자면 사진 속 형상은 역으로 진입하는 기차가 되고, 간단한 조작으로 바뀌는 선로는 상상력이 된다. 어떤 기차든 선로를 타지 않고서는 들어올 수 없고 어떤 선로든 기차만이 다닐 수 있듯이, 형상과 상상력은 함께 있음으로써만 존재할 수 있다. 요컨대 형상〔相:nimita〕은 바로 상상〔想:sannya〕이다. 형상을 띤 뭇 존재들은 그것들을 구성하는 상상력의 결과이며, 그런 점에서 이른바 기시증既視症은 모든 인식의 전제조건이 되는 것이다.

여기서 하나 더 짚고 넘어가야 할 것은 매직아이의 점들과 그 위로 떠오른 형상을 동시에 볼 수 없듯이, 비록 사진 속 두 번째 기둥과 빛의 웅덩이가 동일한 세부에서 비롯된 것임을 알아도 하나가 보이는 시점에서는 결코 다른 하나를 보거나 짐작조차 할 수 없다는 사실이다. 우리의 인식은 한순간에 하나의 대상만을 포착할 수 있다. 가령 자동차 운전을 할 때도 매순간 운전을 하거나 딴생각을 하거나 둘 중의 하나이다. 초보운전 시절 라인도 없이 길기만 한 사거리 길을 지나놓고 와서, 어떻게 지나왔는지 도무지 생각도 안 날 때 얼마나 당황했던가. 그때 우리는 딴생각을 하고 있었던 것이다. 이처럼 한순간에 하나의 일만 생각하고 행할 수 있다는 사실은 우리의 인식과 실천의 한계를 드러내준다. 그러나 그 한계는 심리적 삶에 부정적 효과만을 미치는 것이 아니라, 때로는 긍정적으로 기능할 수 있다. 즉 땅에서 넘어진 자가 땅을 짚고 일어설 수 있듯이, 한계는 한계로 인해 치유될 수 있다.

4

 예컨대 근본불교에서 '알아차림〔念:sati〕'
은 우리의 마음이 한순간에 하나만 생각할 수
있다는 한계를 역이용함으로써 맹목적 인식
이 갖는 폐단을 완화시키는 기능을 한다. 가령 우리는 지금 자신이
슬퍼하고 있다는 것을 앎으로써 한순간 슬픔에서 벗어날 수 있다.
슬퍼하고 있다는 것을 '아는 마음'은 결코 '슬퍼하는 마음'과 같지
않다. 마음의 선로가 하나라는 이치에 의해, 슬퍼하고 있다는 것을
'아는 마음'이 '슬퍼하는 마음'을 밀어내고 그 자리를 차지하게 된
다. 비록 슬픔이 너무 커서 또다시 '슬퍼하는 마음'이 '아는 마음'
을 밀어내고 그 자리를 차지한다 하더라도, 우리가 할 수 있는 일은
다시 '아는 마음'을 내어 '슬퍼하는 마음'을 밀어내는 것이다. 즉
끊임없이 마음을 새로 내어 앞의 마음을 뒤의 마음이 바라보게 함
으로써 오염된 마음의 작용에서 벗어나는 것이다. 마치 때에 전 걸
레를 물속에서 계속해 주물럭거려 깨끗이 빨아내는 것과 같이, 마
음은 오직 마음에 의해서만 정화될 수 있다.

5

그러나 한 번 더러워진 걸레는 본래 상태로 돌아갈 수 없듯이, 인식의 발현과 동시에 오염되는 마음을 완전히 정화시키기란 불가능하며, 따라서 남는 일은 끊임없이 마음을 새로 내어 오염의 폐해를 최소화하는 것이다. 이를테면 아는 마음을 다시 알아차리고, 알아차린 그 마음을 다시 알아차리는 방식으로 '알아차림'의 힘을 강화하는 것이 우리가 선택할 수 있고, 선택할 수밖에 없는 유일한 길이다. 그 길은 무시무종의 세계 한가운데 까닭 없이 던져진 왜소한 주체가 스스로 만든 초월적 환상들 속에 사로잡힘이 없이, 고통을 견디고 평정심을 유지할 수 있는 가파른 길이다. 이와 같은 동양의 실존적 윤리학은 같은 통사적 구조를 지닌 서양의 비관적 인식론과 극단적인 대비를 이룬다. 즉 '내가 나를 바라보는 나를 바라보는……' 행위가 한쪽에서는 자기를 관리하고 책임지는 자존적 의미를 지니는 데 비해, 다른 한쪽에서는 발화 주체가 끊임없이 발화 내용을 벗어나는 불가지론적 양태를 띠는 것이다.

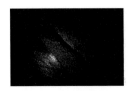 여기서 문제는 어느 쪽이 옳으냐를 판가름하는 것이 아니다. 빛을 입자와 파동으로 설명할 수 있듯이 하나의 통사구조가 인식론적으로도 윤리학적으로도 해석될 수 있기 때문이다. 오히려 문제는 상반되는 의미를 함축하는 해석들을 상보적으로 재해석할 수 있다는 점이다. 즉 환상과 초월을 거부한다는 동질성을 가진 불가지론적 인식론과 견인주의적 윤리학은 발단과 귀결의 관계로 이해될 수 있다. 미시세계에서 입자의 위치와 운동량을 동시에 측정할 수 없듯이, 두 가지 해석은 공시적으로 발생할 수 없으나 통시적으로 연결될 수는 있다. 이는 우리가 바라보는 사진에서 한가운데 가로놓인 굵은 기둥 옆 희미한 빛의 띠를 두 번째 기둥으로 보는 동시에 빛의 웅덩이의 일부로 볼 수는 없다는 것과 같다. 그렇다고 해서 하나가 다른 하나 밑에 숨어 있는 것도 아니며, 둘 사이에 우호적이거나 적대적인 관계가 성립하는 것도 아니다. 그 절대적 무관련은 우리의 인식이 낳은 한계이며, 인식 자체의 한계이다.

10. 빛과 시간과 에너지

1

같은 폭, 같은 길이로 절단된 것으로 짐작되는 세 개의 띠가 오른쪽 상단에서 화면의 중간까지 대각선 방향으로 내려뜨려진 사진 속 형상은 예술 공간 속에서의 사물의 존재 방식에 대해 생각할 기회를 준다. 일견 그 띠들은 도톰한 천이나 매끈한 가죽 혹은 무른 양철로 만들어진 것처럼 보이지만, 가까이에서는 다소 거친 시멘트 벽면의 질감을 드러낸다. 또한 옆으로 젖혀놓은 버티컬을 닮은 그 띠들은 자동차 번호판을 가리기 위해 모텔 입구에 내려뜨려진 불투명 비닐 띠나, 차

체의 비누 거품을 쓸어내리는 세차장 반투명 비닐 띠를 생각하게
한다. 이처럼 단순한 흑백 공간 속 형상들은 '배치' 와 '재질' 과 '형
태' 의 관점에서 분석될 수 있는데, 각기 다양한 연상들을 불러일으
키는 세 요소들의 순간적인 종합에 의해 우리의 미의식은 결정된
다. 그러니까 '종합' 은 이미 분석된 것을 결정적으로 통합하는 것이
고, '분석' 은 이미 결정화된 것을 재-분석하는 것으로서, 미적 쾌감
을 해체하는 과정에 다름 아니다.

2

　그런데 임의의 시공간에서 사물들의 '배치'와 '재질'과 '형태'는 그것들 속으로 들어와 그것들이 된 어떤 '에너지'의 결과물이라 할 수 있다. 바꾸어 말해 사물들이 지금 여기 존재하기 전에, 어떤 에너지가 그것들의 '배치'와 '재질'과 '형태'를 결정지으면서 그것들 속에 소진해버린 것이다. 근본적으로는 사물들 자체가 고착된 에너지의 덩어리라 할 수 있으며, 그것들의 '배치'와 '재질'과 '형태'는 정지되는 순간의 에너지의 형상과 무늬라 할 수 있다. 비유컨대 진흙탕을 밟은 지 30초 안에 홍수가 휩쓸어 남게 된 공룡의 발자국이나, 따라오는 가족들이 걱정되어 뒤돌아보다 소금기둥이 된 롯이나, 쾌락이 절정에 오른 순간 용암이 쏟아져내려 굳어버린 폼페이의 남녀들처럼, 지금 여기 존재하는 모든 것들은 언젠가, 어디에서 비롯된 에너지의 필연적인 귀결이다. 해일로 들이닥친 파도를 타고 바다로 돌아갈 수 있었던 횟집 수족관의 도다리들처럼, 모든 존재는 저마다 희귀하고 파란만장한 에너지의 자취이다.

3

이른바 '칼국수에는 칼이 없다'는 개그는 틀린 말이다. 칼국수에는 칼과 밀팥과 홍두깨가 에너지 형태로 존재한다. 뿐만 아니라 반죽을 밀던 여인과 어둑한 형광등 불빛과 칼국수를 썰던 그날의 냉기와 바람도 에너지의 무늬와 질감으로서 존재하는 것이다. 이처럼 에너지와 물질의 상호 교류와 교환으로 인해 지금·여기는 언제·어디였으며, 언제·어디일 수 있다. 즉 현재의 사물들은 과거의 시공간을 압축 파일의 형태로 내장하고 있으며, 미래의 시공간에서는 응고된 에너지의 형태로 보존될 것이다. 극단적으로 이야기하면 물질은 존재하지 않고 에너지만 존재하며, 공간은 존재하지 않고 시간만이 존재한다. 에너지가 굳은 것이 물질이며, 시간이 멎은 자리가 공간이라 할 수 있기 때문이다. 즉 물질과 공간은 에너지와 시간의 산물일 뿐, 그 역은 아니다. 비록 정물nature morte을 대상으로 할지라도 예술을 통해 얻어지는 생동감은 현재로부터 과거와 미래로 뻗쳐 있는 에너지의 흐름에서 나오는 것이다.

그러나 지금 우리가 바라보는 사진의 형상이 존재하기 위해서는, 달리 말하면 지금 우리가 사진의 형상을 바라볼 수 있기 위해서는 빛과 어둠이 필요하다는 사실 또한 염두에 두어야 한다. 이를테면 '보이지 않는' 에너지와 시간이 사물과 공간의 형성원료[因]에 해당한다면 '보이게 하는' 빛과 어둠은 그것들의 존재 조건[緣]이라 할 수 있다. 에너지와 시간, 사물과 공간의 '내포'와 '외연'의 관계와 마찬가지로, 빛과 어둠 또한 불가분리의 관계에 있지만, 굳이 선후를 가른다면 빛이 어둠보다 먼저 있다 할 것이다. 왜냐하면 빛은 어둠을 낳을 수 있지만 어둠은 빛을 낳을 수 없기 때문이다. 비록 아버지가 아들을 낳았다 하더라도, 아들이 태어남으로 아버지가 되는 까닭에 아들은 아버지의 아버지라 할 수 있다는 역설과 마찬가지로, '없는' 것의 근원인 '있는' 것은 '없는' 것의 '없는' 것이며 '어둠'의 근원인 '빛'은 '어둠'의 '어둠'이라 할 만하다. 빛은 어둠 없이 있을 수 있지만 빛 없이 어둠은 있을 수 없다.

5

 요약해서 말하면 형체가 없는 에너지와 시간이 물질과 공간으로 굳어지는 순간, 빛은 자신의 그림자인 어둠과 더불어 그것들에게 형체를 부여하는 것이다. 빛과 어둠 즉, 명암에 의해 형상화되지 않는 물질과 공간은 아무도 모르는 깊은 산속에서 쓰러지는 나무와 마찬가지로 존재와 부재의 경계를 넘어서 있다. 즉 그것들은 존재하는 것도 부재하는 것도 아니며, 언급 대상조차 아니다. 그에 반해 빛과 어둠의 짜임새에 의해 드러나는 것들은 존재하되, 다만 그것들의 표면으로서 존재할 뿐이다. 말을 바꾸면 드러나는 순간 그것들의 내면은 숨겨지며, 명암의 대비효과로 인해 내부가 존재한다는 것이 얼핏 짐작될 뿐이다. 즉 그것들은 현현하는 동시에 은폐되는 것이다. 예컨대 원뿔의 그림자가 삼각면인 것과 같이 빛과 어둠은 사물을 한 차원 낮은 방식으로만 보여준다. 그러므로 빛과 어둠을 통해 지금 우리에게 드러나는 세계는 짐작할 수 있으나 구체화할 수 없는 또 다른 세계의 그림자라 할 수 있다.

6

이제 우리가 바라보는 사진의 형상으로 돌아와 이야기하면, 우선 화면 상부에 대각선 방향으로 걸쳐 있는 세 개의 띠는 지금·여기 그것들을 있게 한 에너지와 시간을 기억하고 있으며, 언제·어디에 존재할 그것들의 양태를 준비하고 있다. 비유컨대 비스듬히 쳐올려진 버티컬처럼 띠들은 언제든지 제자리로 돌아올 듯 긴장하고 있으며, 대충 어림짐작으로 자른 듯한 면들과 거친 시멘트 벽면을 연상시키는 질감은 그 위로 지나간 칼날과 흙손의 강도를 머금고 있다. 또한 그 띠들은 그것들을 드러나게 하는 빛과 그림자의 대비로 인해 그것들이 존재하는 차원에 또 다른 차원을 덧붙이는 효과를 일으킨다. 가령 그 띠들이 같은 평면에 나란히 놓인 것이 아니라 아래로부터 포개진 듯이 보이며, 특히 중간 띠의 가운데 어두운 부분과, 밝은 부분의 아래쪽은 손가락으로 누른 듯이 움푹 들어가 있다. 이 경우 에너지와 시간, 빛과 어둠은 동시적으로 작용하여 평면 속에 말려 있는 깊이의 차원을 암시한다.

11.욕망의 잉여와 변태

1

아파트 거실이나 병원 대기실 같은 데서 간혹 볼 수 있는 '인삼 벤자민'이라는 식물을 닮은 사진의 형상은 일견 남성의 하체를 생각하게 한다. 화면 상단 중간부에서 뻗어내려 이내 어둠 속에 묻히는 곧은 다리와, 두 다리 사이 원시인의 돌칼 같은 물건은 성기와 고환을 합쳐놓은 듯 자못 묵직하고 단단해 보인다. 좀 더 자세히 보면 왼쪽 허벅지 위로 까칠한 오래된 흉터가 남아 있고, 오른쪽 다리 옆으로는 육손이처럼 작은 곁다리가 붙어 있다. 앞이 잘룩하고 뒤끝이 날카로운 그 곁다리는 익사체의 복부에 입을 박고 부패한 내용물을 빨아 먹는 작은 물고기처럼 보이기도 한다. 그러나 어느 순간 그 곁다리는 굵은 오른쪽 다리와 더불어 성기 가까이 놓인 두툼한 입술과 완만한 턱이 되며, 그 위로는 입술과 턱처럼 부드러운 뭉뚝한 코가 보인다. 화면 왼쪽 상단 바깥에 지긋이 감긴 눈이 있을 듯한 그 얼굴은 세부들의 특징과 짙은 음영으로 인해 성적 흥분에 몸을 떠는 흑인 여자의 것으로 생각된다.

2

　오른쪽 아래 비스듬히 내려진 것이 남자의 굵은 다리든, 성기 가까이 입술을 가져가는 여자의 턱이든 한순간에 어느 하나일 뿐, 둘 모두일 수는 없다. 이는 사진의 형상과는 무관한 우리의 지각과 인식의 한계이다. 하지만 이 둘은 동일한 의미의 세부들을 상당수 공유하는 까닭에, 어느 하나에서 다른 하나로 쉽게 교체될 수 있다. 가령 고양이로 보이던 것이 냄비로 보인다든지 하는 경우 각각의 세부들은 전혀 다른 의미로 전용되지만, 여기서 오른쪽 다리와 곁다리를 제외한 부분들의 의미는 그대로 유지된다. 특히 기관포 포탄처럼 생긴 성기는 양쪽 모두의 '심벌'로서 양쪽을 매개하는 의미의 중심이 된다. 그리하여 몇 번의 갈등 없는 교체 끝에 우리 눈에 자리 잡게 되는 것은 성기 쪽으로 두툼한 입술을 가져가는 흑인 여자의 얼굴이다. 그렇게 보일 때 사진의 세부들 가운데 어느 하나 유실되지 않고 이야기 속으로 들어오고, 사진의 더 많은 면적을 포괄하는 극적인 이야기가 가능하기 때문이다.

3

비록 그렇다 하더라도 사진을 처음 접하는 순간 우리 눈에 들어오는 것은 기이한 곁다리가 달린 남자의 하체일 뿐, 관능적인 여자의 얼굴이 보이지는 않는다. 이는 단순한 것으로부터 복잡한 것으로의 진화는 가능해도 그 역은 자연스럽지 못하다는 점을 시사한다. 복잡한 것의 단순화는 벌레에 먹혀 드러나는 잎맥처럼 탈-생명적이며, 에너지의 흐름과 배치된다. 생명에너지는 항상 단순한 것에서 복잡한 것으로 나아가며 그에 따라 무질서의 정도는 커진다. 그러나 역류하는 강물처럼 단순함에서 복잡함으로의 추이 속에는 대세를 위반하는 흐름들이 상존하고 있다는 사실을 염두에 둘 필요가 있다. 아무리 어두운 그늘에도 햇빛이 깃들여 있듯이[陰中陽], 불가역반응 속에서도 부분적으로는 가역반응이 진행되고 있는 것이다. 예컨대 우리가 바라보는 사진의 형상이 남자의 하초에 입술을 갖다 댄 여자의 얼굴로 귀결될지라도 조금만 주의를 기울이면 다시, 곁다리 달린 남자의 하체만 나타나는 것이다.

이처럼 단순함으로부터 복잡함으로의 추이를 가능하게 하는 것은 처음 떠오른 남자의 하체에서 잉여이면서 장애인 '곁다리'이다. 버들붕어의 유선형 몸체를 생각게 하는 그것은 순간적으로 옆에 달려 있는 성기까지도 잉여이면서 장애가 아닌가 하는 생각을 불러일으킨다. 그것은 굵게 뻗어 있는 양다리에 반해 둘의 모양과 크기가 비교적 비슷하기 때문일 텐데, 그러고 보면 포탄처럼 생긴 성기도 여러 곁다리들 가운데 하나인 '가운뎃다리'라 할 수 있다. 성기라는 곁다리 또한 개체 보존 본능의 차원에서는 불필요한 것이고, 짝짓기하다 잡아먹히는 곤충들에게서처럼 때로는 치명적이기까지 하다. 그러나 종족 보존 본능의 차원에서 그것은 개체의 생명을 희생시키고도 남을 만큼 필수적이고 필연적이다. 성적인 것이든 아니든 한 존재에게 있어서 잉여적인 것은 언제나 장애로 간주되어 조롱과 모멸을 면하지 못하지만, 다른 존재와의 연결과 소통을 가능하게 한다는 점에서 도의 지도리〔道樞〕라 할 수 있다.

5

   그러나 잉여적인 것이 종적이든 횡적이든 여러 존재들 사이를 이어주는 역할만 하는 것은 아니다. 상식적이거나 문화적인 세계의 경계를 벗어나 있는 잉여적인 것은 그것의 출현만으로도 상식적이거나 문화적인 것의 허구성을 폭로한다. 끊임없는 유동이며 유출인 존재를 이원 대립의 격자 속에 제한하는 상식과 문화는 본래 임시적이며 가설적인 것이다. 우리가 자연이라고 믿고 있는 것은 상식과 문화가 자연스럽다고 일러준 것일 뿐, 상식과 문화가 없다면 자연의 자연스러움도 없다. 한 손에 달린 손가락이 다섯 개여야 할 까닭은 없으며 따라서 십진법이 산수의 기본이 되어야 할 하등의 이유도 없다. 또한 존재에 뿌리를 두면서도 존재 바깥에 가지를 뻗친 잉여적인 것은 내부와 외부, 동일자와 타자의 구분이 근거 없음을 드러낸다. 마치 담장을 넘어 남의 집 안마당에 열린 과일들처럼 외부는 내부에서 뻗어나간 것이며, 타자는 동일자 속에 뿌리내리고 있다는 사실은 잉여적인 것을 통해 드러난다.

6

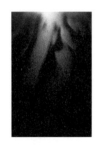

지금 우리가 바라보는 사진에서 남성의 복부에 달려 있는 곁다리가 순간적으로 거대한 여성의 윗입술로 전환될 수 있다는 사실은 성적 욕망의 다양한 변태성을 이해하는 데 도움이 된다. 우선 욕망의 주체는 자신 속에 이미 욕망의 대상을 포함하고 있으며, 실제로 욕망이 투여되는 현실의 대상은 이차적인 것에 불과하다. 모든 욕망은 투사적이며 자위만으로 쾌감이 가능한 것도 그 때문이다. 또한 주체의 욕망은 대상의 욕망에 대한 욕망이라 할 수 있다. 이 사진에서 빈약한 남성 하체에 비해 여성의 얼굴이 압도적으로 큰 것처럼, 주체의 욕망은 그의 내부에 존재하는 대상의 욕망이 클수록 강해진다. 뿐만 아니라 지금까지 우리가 여자의 것이라고 말해온 얼굴이 자세히 들여다 보면 남자의 것으로도 생각되듯이, 이성애의 욕망과 동성애의 욕망은 동전의 앞뒤처럼 하나일지 모른다. 사진 속 남자의 하체와 흡사한 인삼 벤자민의 뿌리와 줄기처럼, 정상적 욕망과 변태적 욕망 사이에는 어떤 자연적 경계도 없다.

12. 낯설음과 복잡계

1

장삼이나 완삼 같은 옛날 옷을 떠올리게 하는 사진의 형상은 아래쪽으로는 가슴과 둔부가 발달하지 않아 다소 가냘파 보이는 여성의 몸을 보여주는데, 굳이 여성이라고 한 것은 도라지 뿌리같이 갈라진 하체에 남성 성기가 보여지지 않아서이다. 여성의 머리는 물론 어깨 위까지 드넓게 펼쳐진 옷은 요즘 유행하는 패치워크처럼 같은 류의 천조각들을 이어붙인 것으로, 갈댓잎이나 대나무 줄기를 얇게 짜개서 엮은 바구니를 생각나게 한다. 각각의 천조각마다 대패질 덜 된 판자나 곤충의 몸체가 새겨진 화석 같은 가느다란 주름들이 보이고, 솔기가 뜯어진 끝자락에는 섬세한 실밥들이 그대로 붙어 있다. 그 때문에 형상은 이제 막 발굴되어 햇빛 속에 드러난 삼사백 년 전 이조 여인의 미라를 연상시키는데, 꽁꽁 동여진 몸의 어느 구석엔가 슬픔에 복받친 젊은 남편의 편지가 끼어 있을 듯도 하고, 천지가 어둡던 날 곡하며 내려진 관 위로 붉은 흙을 떠 넣던 굴건제복의 상주들의 모습도 보일 듯하다.

2

하지만 그것은 사진의 형상이 바닥에 눕혀진 것으로 가정할 때 떠오르는 광경일 뿐, 곧추서 있는 것으로 생각을 바꾸면, 불현듯 넓고 긴 옷자락으로 얼굴을 가린 무희의 모습이 나타난다. 굴곡이 거의 없는 가녀린 몸매의 무희는 종아리와 발이 보이지 않아 공중에 내걸린 듯하고, 그 자태의 고요함은 발걸음 떼 놓는 데 삼 년이 걸린다는 일본 전통연희 노〔能〕의 배우를 생각나게 한다. 무희의 춤이 굳이 '노'가 아니라 하더라도, 대칭과 균형이 요연한 자세로 보아 해학이 어우러진 민속의 춤이 아니라, 숙연함이 묻어나는 제례의 춤이라는 짐작이 든다. 그 숙연함은 잔주름이 내려앉았을 뿐 올은 그대로 살아 있는 옛날 옷과, 그 속에 얼굴을 묻고 끝없는 세월을 기다려온 미라의 여인 앞에서 느끼는 숙연함과 다른 것이 아니다. 그 숙연함으로 인해 사진의 형상은 춤추는 여인과 죽은 여인, 무희 의상과 사자의 수의를 하나로 아우르며, 그 주위의 어둠은 생전의 무대인 동시에 사후의 무덤이 되는 것이다.

그러나 비록 그렇다고 하더라도 화면 상부에 드넓게 펼쳐진 장옷과 그 아래 유년기 소녀처럼 왜소해 보이는 몸체가 이루는 심각한 불균형은 바라보는 이의 눈길을 불편하게 한다. 또한 왼쪽 상부에 올이 풀린 채 누덕누덕 붙어 있는 세 개의 천조각은 오랜 세월 좀이 슨 흔적이겠지만, 압박붕대를 두른 듯 탄탄한 몸체는 펜싱 선수를 떠올릴 만큼 날렵해 보인다는 것 또한 대조적이다. 뿐만 아니라 세련된 감각의 패치워크처럼 심미적 기예가 돋보이는 의상의 고풍스러움은, 꽉 끼는 팬티스타킹으로 조인 듯 팽팽한 하복부의 외설스러움과 현저한 대비를 이룬다. 이러한 대비의 근원 혹은 극점은 미지의 얼굴의 눈과 입을 가려버린 넓고 긴 옷자락과, 무방비상태로 드러나 있는 몸체의 부조화에 있다. 그 부조화는 순간적으로 바라보는 이에게 숨 막히는 느낌을 불러일으키는데, 만약 얼굴과 몸체 모두 덮여 있거나 드러나 있었다면, 혹은 얼굴은 드러나고 몸체만 덮여 있었다면 생기지 않았을 느낌이다.

　　그 숨 막히는 느낌의 한가운데, 보이지 않는 목
에 매달려 있는 것으로 짐작되는 검은 장신구가 있
다. 세 개의 천조각이 만나는 지점에서 흔들리는 시
계추처럼 내려뜨려진 그것은 선인장류의 꽃대나 발이 많이 달린 민
물새우처럼 보이고, 끝에는 묵직한 곡옥이나 쇠붙이가 붙어 있는
듯하다. 그것이 춤추는 여인의 목걸이인지 사자의 부장품이었는지
가늠할 수 없으나, 바탕화면처럼 혹은 그보다 더 어두워서 삶과 생
명 속으로 들어온 죽음과 허무의 표지처럼 보이기도 한다. 또한 바
로 그 때문에 그것이 비스듬히 내걸린 장신구가 아니라, 목으로부
터 하복부까지 깊이 파인 상처가 아닌가 하는 의문을 갖게 된다. 뭉
뚝한 돌칼 같은 것에 의해 찢긴 것으로 생각되는 그 상처는 아물지
도 않은 채 굳어버려서, 주위로 쭈그러진 살갗 주름이 그대로 말라
붙어 있다. 아마도 야만의 신에게 바치기 위해 팔딱이는 심장을 꺼
낸 후 돌무더기 위에 내다 버린 마야나 잉카의 소녀들도 그처럼 말
라가지 않았을까.

5

　뿐만 아니라 양복상의 컬러에 남아 있는 단춧구멍, 이제는 아무 쓸모없으나 오랜 습속으로 인해 계속해 찢고 박음질해 놓은 그 흔적을 닮은 검은 구멍은 길고 넓은 옷자락 아래 드러난 몸체가 여성의 것이라는 전제 아래 뻣센 거웃들이 내비치는 음부로 생각되기도 한다. 다소 가늘지만 단단해 보이기도 하는 허벅지 사이로 갸웃이 감춰져 있어야 할 구멍이 실제보다 과장된 채 가슴팍 위에 드러나 있음으로 해서 변태적인 초현실주의 회화를 연상시킨다. 그와 같은 인체 내부요소들의 기이한 재배치는 이동과 압축이라는 꿈의 고유한 작업방식과 다르지 않으며, 천 개의 손마다 버들붕어 같은 눈이 새겨져 있는 천수관음상도 같은 방식으로 착안된 것으로 볼 수 있다. 그러나 자애로운 천수관음의 슬픈 눈과는 달리, 좁은 가슴 깊숙이 길게 파인 음부는 거칠게 찢겨져 봉합이 불가능한 상처처럼 여겨지는데, 그도 그럴 것이 그 자신 상처로서 태어난 음부는 세세 영원토록 상처를 재생산하는 거푸집이다.

장신구로부터 상처로, 상처에서 다시 음부로의
연상이동은 미라이면서 무희인 여성의 중의성, 드
넓은 옷자락과 왜소한 몸체의 부조화, 덮임과 드러
남의 대립과 함께 사진의 형상이 불러일으키는 낯설음의 원인으로
설명될 수 있다. 여기서 대립과 부조화가 구성요소들의 순간적인
부딪침으로 일어나는 현상, 달리 말해 상치되는 요소들이 공시적으
로 포착되는 현상인 데 비해, 중의성은 한순간에 하나밖에 생각할
수 없다는 사고의 제한 때문에 일단 연상이동을 통해 생겨난 이미
지들을 사후적으로 중첩시킨 것이라 할 수 있다. 또한 이와 같은 사
고의 제한에도 불구하고, 글자의 흔적이 사라지지 않는 만년노트처
럼, 연상이동의 효과는 누적된다고 볼 수 있다. 문제의 검은 장신구
는 찢겨진 상처 속에 남아 있으며, 몸을 떠는 벌레 같은 음부 밑에
는 검은 장신구와 찢겨진 상처가 숨어 있는 것이다. 그러므로 낯설
게만 보여지는 사진의 형상은 '혼돈' 이 아니라 '복잡계' 에 속하는
것이라 할 수 있다.

13. 빛과 어둠의 갈기들

1

　화면의 상단 오른쪽에서 왼쪽 하단까지 대각선 방향으로 빛의 갈기들이 내뻗쳐 있고, 그 가운데쯤 어렴풋이 광원이 보이는 사진의 형상은 빛과 어둠의 상호관계를 통해 사물들의 존재방식을 유추하게 한다. 여기서 같은 형태와 추세를 내보이는 각각의 갈기들은 빛나는 무수한 점 입자들로 이루어져 있으며, 그것들의 크기와 밝기는 대체로 광원과의 거리에 반비례한다. 말을 바꾸면 점 입자들의 밝기와 크기는 그것들 사이의 분포에 의해 결정되며, 광원이란 가장 밀집된 분포를 보이는 점 입자들의 위치를 가리킨다. 따라서 화면 안에 있는 것으로 여겨지는 광원은 그 자체 광원이 아니라, 화면 밖에 실재하는 광원의 조명을 가장 많이 받는 지점을 가리킬 수 있다. 그처럼 빛을 발하는 것으로 생각되는 많은 것들은 자신이 받은 빛을 되비치는 것에 불과하며, 자신의 바깥에 존재하는 광원의 대리역을 하는 것이다. 물론 화면에서 부재하는 광원은 오직 실재하는 자신의 대리역 때문에 추정될 수 있다.

2

모든 대상은 그것을 존재할 수 있게 한 것(들)과의 수직적 혹은 수평적 관계에서 성립한다. 달리 말해 하나의 대상은 그것을 둘러싼 것들에 의지해야만 태어날 수 있다[依他起的]. 우리가 바라보는 사진의 화면에서 점 입자들의 밀도가 가장 높은 부분, 또한 그 때문에 광원으로 오인된 부분은 **수직적**으로는 화면 밖 실제 광원과의 '일치'에 의해 존재할 수 있다. 여기서 일치는 서로 차원을 달리하는 것들의 조응으로서, 같은 차원에서의 관계인 '결합'을 의미하지 않는다. 가령 인간은 신과 결합할 수 없으나 일치할 수는 있으며, 지상에서는 별을 향해 갈 수 있으나 별에 도달할 수는 없다. 하나의 차원에서 그보다 높은 차원은 유추될 수 있을 뿐 식별될 수 없다. 그런데도 식별된 것으로 이야기한다면 상상계적 오해이며 미신이다. 예컨대 수평적 방향만이 있는 이차원에서, 삼차원은 어느 방향으로든 가리킬 수 없다. 삼차원은 이차원 바로 '위'에 있으나, 이차원에는 '위'라는 개념이 존재하지 않기 때문이다.

3

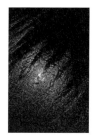

그런데 화면 안에서 실제 광원을 대리하는 의사

擬似 광원은 특정한 점 입자들의 위치를 가리키는

것은 아니다. 달리 말해 모든 위치의 점 입자들이

경우 조건에 따라 실제 광원의 대리역할을 할 수 있는데, 그 조건이

란 곧 관찰자의 시점을 의미하며 이 경우 카메라 렌즈를 경유한 작

가의 눈의 위치와 방향이 된다. 예컨대 방문을 통해 비치는 거울에

방 안의 움직임이 나타나는 것은 거울을 통해 피사체와 관찰자의

시점이 일치하기 때문이며, 만약 시점이 달라진다면 다른 피사체가

나타날 것이다. 그와 마찬가지로 우리가 바라보는 사진에서 의사

광원은 관찰자인 작가의 특정한 시점을 전제로 하는 것이며, 시점

이 바뀌면 다른 위치의 점 입자들이 의사 광원으로 기능할 것이다.

여기서 얻을 수 있는 인식은 외부 광원의 영향하에 있는 내부 점 입

자들은 평등하지만, 관찰자의 존재로 인해 차별적으로 나타나며,

그것들이 평등하다는 사실 또한 관찰자의 차별화 행위를 이해함으

로써 밝혀진다는 것이다.

4

그러므로 실제 광원과 의사 광원의 수직적 이자 관계는 이를 지켜보는 관찰자를 포함해 삼자 관계로 이해해야 한다. 그렇지 않다면 자신을 제외하고 일행의 수를 세는 돼지의 어리석음을 범하는 것이 된다. 대상의 생기生起에서 관찰자의 역할은 그것을 가능하게 하는 **수평적** 관계에서도 확인될 수 있다. 사진의 화면에서 점 입자들이 밀집해 크기와 밝기가 두드러진 부분이 광원으로 인식될 수 있었던 것은 상대적으로 미약한 부분들과의 차이로 인해서인데, 관찰자가 존재하지 않는다면 그 차이는 기록되지 않았을 것이기 때문이다. 보다 정확히 말하면 그 차이는 지금대로가 아니라 다른 형태, 다른 방식으로 기록되었을 것이다. 한걸음 더 나아가면 대상의 생기에는 관찰자뿐만 아니라 관찰자를 고려하는 제삼자 즉, 관찰자의 관찰자까지 개입한다고 볼 수 있으며, 이러한 관계는 무한히 확장될 수 있다. 이는 곧 인식 대상이 복수複數의 인식 주관에 의해 구성될 뿐 그 역은 아니라는 사실을 말해준다.

5

비록 대상이 주관에 의해 구성된다 하더라도 대상이 주관에게 주는 빌미 혹은 대상이 주관에게 준다고 여겨지는 빌미 없이 구성 작업이 이루어지는 것은 아니다. 바꾸어 말해 대상이 구성되기 이전에 자성自性을 지닌 실체로 존재하는 것은 아니라 하더라도, 밥그릇에 내려앉는 파리처럼 주관이 착안 혹은 착수할 수 있는 여지를 가져야 하며, 그 여지는 인식의 구조물이 들어설 수 있는 입지가 된다. 이를테면 인식이 이루어지기 전 대상이란 고대도시의 유적이나 공단이 들어서게 될 대지처럼 가로세로 교차하는 선들로 구획된 것으로, 그 선들은 서로 다른 길이와 파장으로 음향을 만들어내는 끈처럼 서로 다른 형태와 질료의 대상들을 태어나게 할 것이다. 또한 새로이 나타난 대상들은 스테이크나 생선의 등허리에 남아 있는 석쇠의 격자무늬처럼 그것들이 태어난 거푸집의 구조를 평생토록 간직하게 될 것이다. 결국 대상이란 인식의 거푸집에 투여된 주관이라는 원료의 가열로 이루어지는 것이다.

6

　　지금 우리 앞의 사진 속 빛의 갈기들은 인식의 거푸집이 구조화되는 방식을 추리해볼 수 있는 단서가 된다. 사실 '빛의 갈기들'이라는 지칭은 정확한 표현이 아니다. 그것은 화면에서 밝은 부분을 위주로 하였을 때 나타나는 형상일 뿐, 캄캄한 부분을 위주로 할 때는 '어둠의 갈기들'이 드러나며, 실제로 화면 전체에서는 어둠이 빛을 둘러싸고 있는 형국이다. 여기서 빛과 어둠의 갈기들은 깍지 낀 손가락처럼 서로 맞물려 있는데, 각각의 갈기들은 상대편 갈기들 속에 물려 들어가는 동시에 그것들을 물고 나온다. 이진법에 기초를 둔 컴퓨터 언어가 삼라만상을 남김없이 번역할 수 있듯이, 이처럼 빛과 어둠이 맞물리는 개개의 방식은 인식 주관이 서로 다른 대상들을 빚어낼 수 있는 근거가 된다. 그렇다 하더라도 빛과 어둠으로 엮여진 인식의 거푸집이 언제나 완벽한 것은 아니다. 화면의 좌상左上 삼분의 일 지점에 빛의 갈기가 결여되고, 가운데 갈기들이 횡으로 잘려진 것은 그에 대한 암시로 볼 수 있다.

14. 차이와 구조

1

 어두운 밤하늘 두 개의 구름 사이 유난히 빛나는 달, 처음 사진이 보여주는 것은 그런 장면이다. 끓는 납물 같은 달이 간신히 매달려 있는 큰 구름장과 그 아래 다소 초췌하게 드러나는 작은 구름은 긴 목과 육중한 몸을 가진 고대 파충류를 닮아서 캄캄한 우주공간을 유영하는 어미와 새끼처럼 보인다. 어미의 털은 고라니같이 결이 곱고 잘 다듬어진 데 비해, 새끼의 털은 짧고 꺼칠하기만 해서 아직 발육이 덜 된 것처럼 생각된다. 어미는 고개 돌려 뒤돌아보는 듯하지만, 머리가 지

워졌기 때문에 굳이 무언가를 본다기보다 보는 자세로 굳어버린 화석 같은 느낌을 준다. 새끼 또한 같은 형상을 취하고 있지만, 밝게 빛나는 어미의 배 바로 밑에 서 있는 까닭에 어미를 바라보고 있는 듯한 느낌을 불러일으킨다. 그리고 그런 느낌들과 더불어 어미의 빛나는 배에 매달려 있는 달은 방금 그 안에서 어렵게 빠져나온 따뜻한 알이며, 새끼는 지금 고통스러운 어미의 출산을 지켜보고 있다는 생각을 하게 된다.

2

　그러나 사진의 검은 바탕화면이 어두운 밤하늘이 아니라 캄캄한 밤의 바다라고 생각한다면, 공룡의 어미와 새끼를 닮은 두 개의 구름장은 그 안 깊숙이 바다가 들어와 있는 큰 섬과 비슷한 생김새의 작은 섬으로 보이며, 큰 구름장 밑에서 간신히 빠져나온 달 혹은 어미의 음부에서 갓 떨어져나온 따뜻한 알은 두 섬 사이 험한 물길을 안내하는 등대로 보인다. 등대 가까이 큰 섬은 결 고운 모래알이 깔린 듯 고르게 비치는 데 반해, 마주한 작은 섬은 다소 거칠고 굵은 입자들이 보다 어두운 빛을 머금고 있는데, 이는 실제 지형의 차이라기보다는 등대와의 거리로 인해 나타나는 현상으로 짐작될 수 있다. 그러나 큰 섬에 붙어 있는 등대의 밝은 불빛이 두 섬 사이 좁은 물길 위에 드리워져 있지 않은 것을 보면, 해협의 검은 물이 우주 공간의 암흑 물질인 듯 모든 빛을 흡수해버린 것이 아닌가 하는 생각을 갖게 된다. 그러고 보면 흰색이 모든 빛을 반사하는 데 비해, 검은색은 흡수해버리는 것이다.

3

그런데 밤하늘의 구름이나 밤바다의 섬이라는 생각을 지워버리고 다시 사진을 들여다보면, 어느 순간 화면의 형상들은 물렁한 젖가슴과 그에 인접한 신체의 일부로 바뀐다. 그와 같은 변환의 직접적인 계기는 밑으로 향한 젖가슴 한가운데 달려 있는 빛의 방울인데, 발기한 젖꼭지처럼 빛나는 그것은 바로 아래 젖멍울을 이루는 밝은 입자들과 더불어 극도의 성적 흥분을 암시하는 듯이 보인다. 또한 지금까지 결고운 털이나 모래알로 생각되었던 흐릿한 부분들은 지방층으로 이루어진 젖가슴의 부드러운 내부를 생각게 한다. 그에 비해 부풀어 오른 젖가슴에 인접한 다른 신체의 일부, 아마도 남성의 가슴으로 짐작되는 부분의 살갗은 다가오는 쾌락의 예감에 소름 돋은 듯 까칠하다. 바꾸어 말하자면 그것이 남성의 가슴으로 짐작된 것은 소름 돋은 까칠한 살갗 때문인데, 이는 상상력의 장場에서 물질과 속성이 형태와 관념보다 앞서 있으며, 전자가 후자를 결정한다는 것을 보여주는 예라 할 수 있다.

4

　이처럼 사진에 대해 다양한 연상이 펼쳐질 수
있었던 것은 사진의 내부에 숨겨진 구조 때문이다.
정확히 말해 그 구조는 사진 자체의 구조라기보다
는 사진을 바라보는 사람이 발견한 구조이며, 보다 적극적으로 말
하자면 그가 사진에 부여한 구조라 할 수 있다. 물론 그 구조의 발
견 혹은 부여는 순간적으로 그리고 무의식적으로 이루어지는 것으
로서, 얼굴 위에 이목구비가 생겨나는 것과 마찬가지로 연상의 펼
쳐짐과 동시적이다. 이 사진에서 연상의 토대가 되는 숨겨진 구조
는 여느 의미론적 구조와 다름없이 상반相反, 상보相補하는 것들의
이원 대립으로 이루어져 있다. 예를 들면 사진의 검은 배경과 밝은
형상, 빛나는 큰 형체와 마주 한 작은 형체, 농밀한 빛의 방울과 주
위의 큰 형체들 등 명/암, 대/소의 대립 구조는 바라보는 이의 무의
식 속에서 의미가 생성되는 거푸집이 된다. 그 구조 속에서 상상력
은 빵틀에 부어지는 반죽처럼 형태를 얻으며, 이른바 '묻지 마' 식
연상은 존재하지 않는 것이다.

5

　그런데 문제는 연상을 가능하게 하는 사진의 숨겨진 구조뿐만
아니라, 떠올려진 연상의 내용들 또한 이원 대립의 관계에 있다는
점이다. 예컨대 구름과 섬, 달과 등대의 대립이 생명 없는 것들 사
이의 관계라면, 공룡과 젖가슴, 알과 젖꼭지의 대립은 생명 있는 것
들끼리의 관계이며, 따라서 두 관계는 생명의 존재 여부를 두고 다
시 이원 대립을 이루는 것이다. 이처럼 인식의 원인과 결과, 형식과
내용 등 이원 대립의 요소들은 각기 그것들을 이루는 세부 요소들
의 이원 대립으로 구성된다. 결국 그 대립들의 대립들의…… 끝에
남는 것은 인식의 주체나 대상이 아니라, 대립이라는 구조이며 그
구조를 만드는 차이이다. 거꾸로 말해 최초에 차이가 대립 구조를
만들며, 그 대립들의 대립들의…… 끝에 인식 주체와 대상이 존재
하게 되는 것이다. 지금 우리가 보는 사진에서 같은 방향으로 결이
난 형상이 턴테이블에 걸린 레코드판 같다면, 가운데 밝게 빛나는
부분이 부동의 중심인 '차이'라고 할 수 있다.

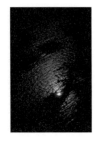

하지만 이 모든 분석적 이해는 생명을 알기 위해 생명을 해부함으로써 생명을 죽이는 역설에 이르게 된다. 달리 말하면 생명은 생명을 이루는 요소들의 총체 이상의 그 무엇이다. 우리는 부드러운 우유를 마실 뿐 단백질과 지방의 프로테이지를 마시는 것이 아니며, 당신의 수줍은 손을 잡을 뿐 손바닥의 대장균을 잡는 것이 아니다. 비록 이해가 오해의 일종이라 할지라도, 그 오해가 우리의 피와 숨결로 버무려진 것이라면 이해와 오해의 구분을 넘어서는 것이다. 이쯤에서 사진의 형상은 다시 캄캄한 밤하늘에 떠 있는 두 개의 구름과 그 사이 유난히 빛나는 달로 돌아온다. 그 달은 어디서 무엇을 하며, 어떻게 살았는지 모르는 우리 선조들이 "달아, 서방西方까지 가려는가?" "열침에 나타난 달이 흰 구름 좇아가는 것 아닌가." 하고 묻던 달이다. 지금 우리가 보는 달이 그 옛날 선조들이 쳐다보던 그 달이듯이, 사진 속 밝은 달은 지금 우리의 무의식 속에서 그 옛날 선조들의 모습을 찾아내는 것이다.

15. 지워진 작가의 서명

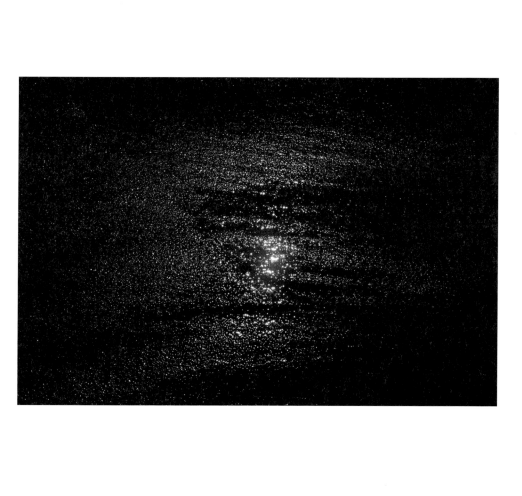

1

화면 대부분에 빛의 입자들이 흩뿌려진
사진의 형상은 낙조에 물든 바다의 물길처럼
보인다. 물길이라고 했지만 방금 배가 지나
갔거나 지나게 될 길이라기보다는, 기울어 은은한 빛을 받은 물의
표면이 길로 떠오르는 것이라 할 수 있다. 혹은 누군가 정성스럽게
쓸어낸 눈길에 달빛이 드러난 것으로 생각될 수 있다. 중간에 밝게
튀어나온 것들은 달빛에 빛나는 돌부리일 테고, 간간이 어둡게 보
이는 부분은 깊이 패여 눈이 쌓이지 않은 것으로 짐작될 수 있다.

혹은 사륜구동차로 산허리를 끼고 돌아갈 때 헤드라이트 불빛에 드러나는 비포장도로일 수도 있다. 자잘한 자갈돌이 깔려 있는 길에는 군데군데 지반이 침하된 모습이 보이지만 바퀴가 빠질 정도는 아니고, 길의 폭도 웬만해서 비록 그 아래가 낭떠러지라 해도 두렵게 느껴지지는 않았을 것이다. 오히려 지반 침하의 흔적과 어두운 낭떠러지의 예감 등 약간의 부담감과 불안감이 없었다면, 이 길은 마찰이 없는 쾌락처럼 지극히 밋밋했을 것이다.

2

　그 점에서 낙조를 받아 빛나는 물길이나 달빛을 받아 드러나는 눈길의 경우도 다르지 않다. 깊이와 끝을 알 수 없기 때문에 물길은 더욱 아름다울 수 있고, 튀어나온 돌부리와 드문드문 패인 자리 때문에 눈길은 더욱 가지런해 보인다. 덧붙여 말하면 물길, 눈길, 산길 등 사진의 형상이 불러일으키는 연상이 평화와 고요의 느낌에 가까운 것은 빛 입자들의 결이 수평으로 평행을 이루고 있기 때문이라 할 수 있다. 만약 사진의 왼쪽 변을 밑면으로 삼는다면 빛을 받아 드러나는 희끗한 길들은 수직으로 치솟는 날카로운 빛기둥으로 바뀌면서 격정과 고뇌의 느낌을 자아냈을 것이다. 가령 외출에서 돌아온 어느 화가가 거꾸로 놓인 자기 그림을 보고 경탄했다는 이야기는 어느 변을 밑면으로 정하느냐에 따라 그림 자체가 달라짐을 보여주는 예가 된다. 눈꼬리가 위로 뻗쳤는가, 아래로 쳐졌는가에 따라 인상과 품성이 달리 보이듯이 한 대상의 속성은 놓이는 위치뿐 아니라 놓이는 방식에 따라 변하는 것이다.

실제로 작가가 건네준 사진의 왼쪽 변 밑에 연필로 서명했다가 지운 흔적이 있는 것을 보면, 작가 또한 처음에는 치솟는 세 개의 빛 기둥을 보여주려 했던 듯하다. 그가 애초의 생각 대신 잔잔하고 고즈넉한 길들을 보여주기로 한 것은 같은 계열의 사진 가운데 수직으로 서 있는 형상들이 많아서일 수도 있을 것이다. 그렇다 하더라도 굳이 이 사진 속 형상의 방향을 달리한 것은 작가 자신이 격정과 고뇌의 느낌 대신 평화와 고요의 느낌을 간직하고, 또한 간직하게 하고 싶었던 때문인지 모른다. 혹은 치성한 불꽃이 불러일으키는 격정과 고뇌의 느낌을 평화와 고요의 느낌 아래 묻어두고 싶었기 때문일 수도 있다. 이는 화려한 비단옷에 거친 삼베옷을 걸쳐 입고, 불이 들어 있는 희熹라는 이름에는 그믐 회晦를 넣어 자字를 지었던 고전주의적 삶의 태도를 연상시키는 것으로, "하늘이 귀한 사람을 낼 때는 큰 시련을 주시고……" 등 낭만주의의 자기 중심적 사고와는 거리를 두는 것으로 짐작할 수 있다.

4

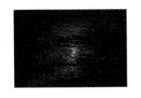

　그렇다면 작가는 사진의 윗변이나 오른쪽 변을 밑면으로 삼아 형상들이 띠는 성격과 분위기를 달리할 수 없었을까. 만약 오른쪽 변을 밑면으로 둔다면 세 개의 빛기둥의 뿌리는 가늘고 날카롭게 어둠 속에 떠 있는 반면, 빛의 불티들이 화면 상부에 흩어져 있어 어색한 느낌을 준다. 또한 윗변을 밑면으로 하면 불빛에 드러나는 길의 아래쪽이 넓게 파인 대신 윗부분의 파인 흔적은 가늘어 불편한 느낌을 주며, 갈라진 길의 솔기들이 왼쪽을 향해 있어 불안을 부추기는 듯하다. 그것은 혹시 있을지도 모를 낭떠러지에 대해, 우리 몸의 왼쪽이 오른쪽보다 더 많은 위험을 느끼기 때문인 것으로 볼 수 있다. 그러니까 비록 사진작품이 작가의 의도와 심미의식을 따르는 것이라 할지라도, 작가가 전횡적으로 대상을 종용할 수는 없다. 마치 돌담과 산길이 돌이나 산이 인간과 주고받는 이야기로 이루어지듯이, 작품은 대상과 작가의 대화로 이루어지며, 좋은 작가란 대상의 속내 이야기에 귀 기울이는 사람이다.

5

　물론 작가가 대상의 이야기를 무조건 듣기만 하는 것은 아니며, 이미 들으려 하는 태도만으로도 작가는 대상 속에 깊이 각인된다. 다시 말해 대상이란 이미 작가의 대상인 것이다. 마치 날아가는 축구공이 매순간 그것을 차올린 발의 각도와 속도를 기억하듯이, 작가의 손을 떠났다 할지라도 대상은 작가의 지문을 그대로 간직한다. 이 사진에서 낙조를 받은 바다의 물길이나 달빛에 드러나는 밤의 눈길은 특정한 관찰자의 시점과 정서를 기억함으로써만 존재하며, 사진을 통해 우리에게 전달되는 것은 그 특유의 시점과 정서라 할 수 있다. 더 나아가 사륜구동차의 헤드라이트 불빛에 드러나는 산길은 그냥 많은 산길들 중의 하나가 아니다. 그것은 그 차에 타고 흔들리는 사람의 뻑뻑한 눈에 비친 산길이다. 산수화를 볼 때 나무나 바위 뒤에 사람이 있는 것으로 생각하라는 말처럼, 사진의 형상 뒤에는 항상 관찰자인 작가가 있다. 우리가 사진을 본다는 것은 지금 그와 함께, 그가 보는 것을 보는 것이다.

 그러나 더 극단적으로 이야기하면, 사진을 포함한 여러 시각예술에서뿐 아니라 우리가 보는 현실의 모든 것은 이미 남들이 본 것이며, 우리는 남들이 본 것을 다시 보는 것에 불과하다. 애초에 이식되지 않은 감정과 관념이란 존재하지 않는다. 남들의 감정과 관념은 대상을 통해 우리 자신의 일부로 이식된다. 물론 남들의 감정과 관념 또한 이식된 것으로서, 그것들은 그들이 속해 있지만 의식하거나 변화시킬 수 없는 욕망과 권력의 체계에 의해 주조된다. 그 체계 속에서 모든 욕망은 타자의 욕망에 대한 욕망이고, 권력은 타자의 권력에 대한 권력이다. 감정과 관념을 지배하는 체계로부터 벗어나, 체계 바깥에서 대상을 바라보려는 예술은 종이의 뒷면을 없애려거나 양파의 속을 찾으려는 것처럼 불가능한 노력이다. 그러나 비록 대상이 체계 안에서만 대상일 수 있고, 체계 바깥 또한 체계 때문에 존재할 수 있다 하더라도, 불가능을 모험하는 행위는 불가능한 것이 아니니 그것이 곧 예술의 몫이다.

16. 마음-그릇과 생각-기포

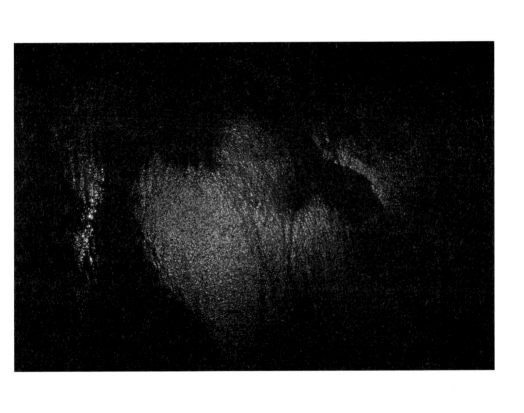

1

언뜻 보기에 혁필 같은 것으로 그린 마음 심心 자의 도형 같은 사진의 형상은 또한 벌레 먹은 사과와 꼭지에서 떨어진 마른 잎 같아 보인다. 그러나 꺼칠한 껍질의 한쪽 표면만 드러나 있기에, 물렁한 반죽 같은 것에 눌러놓았던 사과의 흔적으로 보일 수도 있다. 그것은 석고로 떠내는 데스마스크의 주형과 비슷한 방식으로 생겨났을 것이다. 혹은 코까지 내려 덮이는 고대의 투구나 하반부가 떨어져나간 해골을 엎어놓은 듯하기도 하며, 함께 놓인 조각들은 그것들의 잔해로 생각된다. 어떻든 내용물이 담겨 있던 용기容器로 보이는 형상은 그와는 전혀 다른 연상의 갈래인 마음 심心 자의 상형적 의미를 짐작해볼 수 있게 한다. 그 글자에서 중심 획을 사이에 두고 물거품처럼 떨어져내리는 세 개의 획은 이 사진의 형상에도 대입할 수 있다. 가운데 뭉뚝하게 잘려진 성기는 현재의 마음이며, 왼쪽에서 춤추는 밀교의 여사제는 과거의 마음이고, 오른쪽에서 다가오는 비루한 쌍뚱어는 미래의 마음이다.

2

끝없이 파도치는 바다가 용량을 헤아릴 길 없는 '그릇'이라면 삼천대천세계가 넘나드는 마음 또한 그보다 작지 않은 그릇이다. 마음이라는 그릇에서는 산소공급기가 달려 있는 금붕어 어항처럼 끊임없이 '생각'이라는 기포가 올라오는데, 마음-그릇이 깨어지기 전에는 생각-기포의 올라옴을 막을 수가 없다. 생각-기포의 출몰을 막겠다는 것 자체가 생각-기포이며, 마음-그릇이라는 것 또한 생각-기포로서 떠오른 것이기 때문이다. 뿐만 아니라 생각-기포를 막으려는 생각-기포를 일으킨 '나', 그리고 그 모든 생각-기포들의 근원이 마음-그릇이라는 생각-기포를 떠올린 '나' 또한 생각-기포에 지나지 않는다. '나'라는 생각-기포는 오직 마음-그릇이 의지하고 있는 몸-그릇을 파괴함으로써 생각-기포들의 출몰을 정지시킬 수 있는데, 초와 불의 관계처럼 마음-그릇이 몸-그릇과 생멸을 같이한다는 주장이 단멸론이라면, 보편적인 마음-그릇이 개별적인 몸-그릇에 머물다 간다는 것이 상주론이라 할 수 있다.

3

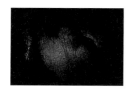

상주론과 단멸론은 촛불의 경우처럼 몸-그릇과 마음-그릇 중 어디에 주안점을 두느냐에 따라 갈리는 것으로 볼 수 있다. 비록 그러하더라도 가시적인 몸-그릇은 불가시의 마음-그릇을 이해하는 수월한 유비로 이용될 수 있다. 가령 입으로 들어온 밥이 항문에서 변으로 배출되는 통로인 '창자'는 앞서 금붕어 어항과 산소공급기의 비유를 결합한 적절한 은유가 된다. 마음-창자는 돼지순대와 마찬가지로 내용물이 담기는 '용기'인 동시에 지나가는 '통로'인 것이다. 밥을 먹는 한 변을 보지 않을 수 없고, 일단 입으로 들어온 밥은 이미 최초의 변이듯이, 마음-창자로 들어오는 어떤 생각[念]도 이미 오염된 생각[妄念]으로 조만간 부패하기 마련이다. 문제는 배출하는 데 걸리는 시간이다. 오래 변을 보지 않으면 장이 부패하고, 스스로 변을 볼 수 없게 되면 '관장'을 해야 하며, 정상적으로 변을 보더라도 '숙변'이 눌러 붙게 마련이듯이, '번뇌'라는 마음의 변도 적절한 시간과 방법에 따라 배출해야 한다.

4

 하지만 마음-창자에 대한 오해와 미신에서 나온 속설들은 생명유지에 필수적인 마음의 변을 더욱 부풀리거나 부패시킨다. 예컨대 일체의 상념想念을 끊고 마음-창자를 비우겠다는 생각은 변을 없애기 위해 밥을 먹지 말아야 한다는 것과 다름없으며, 마음-창자의 변을 제거하기 위해 매 순간 반성해야 한다는 것은 종일 변기 위에서 떠나지 않겠다는 것과 마찬가지다. 하루 한 번이면 될 것을, 십분마다 변기에 앉는 것이나 열흘 만에 앉는 것이나 변의 속성을 거스른다는 점에서 다르지 않다. 밥을 먹는 힘과 마찬가지로 변을 보는 힘도 밥이 변으로 변하는 과정에서 얻어지는 것이다. 또한 마음의 변인 번뇌가 열반이므로 번뇌 대삼매大三昧에 들겠다는 이른바 '고통의 연금술'은 진흙을 금으로 바꾸겠다는 것과 같이 터무니없는 시도이다. 변을 말려서 연료로 쓸 수 있겠지만 변으로 밥을 만들겠다는 것은 죽은 사람이 사흘 만에 살아났다는 것과 마찬가지로 믿음의 영역에 속하므로, 믿을 바가 못 된다.

5

   뿐만 아니라 머무르는〔住〕바 없이 마음을 낸다는 것 또한 완벽하게 순수한 물과 마찬가지로 논리적 극한치로서 믿음의 영역에 속한다. 그것은 지향의 대상이 될 뿐, 머무르는 바 있는 것과 없는 것을 구분할 수 있는 기준은 어디에도 없다. 이미 입으로 들어가는 순간 밥은 변의 자리에 속하며, 상대적으로 덜 부패한 변과 더 부패한 변이 있을 뿐인 것과 마찬가지로, 좋아하는 것과 밝히는 것, 즐기는 것과 음란한 것, 슬퍼하는 것과 마음 상하는 것, 민감한 것과 감상적인 것, 집착과 무집착은 정도의 문제일 뿐 그 사이에 단절은 없다. 그 점에서 쇠고기의 "어느 부분이 정淨하고 정하지 않으냐"는 푸줏간 주인의 말에 깨달았다는 옛이야기가 설득력이 있다. 더욱이 한 번 다치거나 병이 들면 끊임없이 같은 모양의 비틀린 발톱이 자라나듯이 개인, 가족, 민족, 더 나아가 인간이라는 생물이 받은 상처로 왜곡된 마음-구멍에서 청정한 생각-기포가 올라오기를 기대한다는 것 또한 오염된 생각-기포일 뿐이다.

6

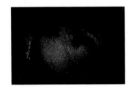 대체 마음은 비울 수가 없다. 비우려 하는 것도 마음이기 때문이다. 하지만 마음을 볼 수는 있으니, 보는 것도 마음인 까닭이다. 마음을 볼 수 있기에 오염을 알아차려 덜 시달릴 수 있으며, 나아가 청정한 마음으로 바꾸려고 노력할 수 있으니, 노력은 생각의 몫이지만 변화는 마음의 생태에 달려 있기 때문이다. 그러나 인생이라는 마음학교에서 스스로 변과 오줌을 가리거나 처리하지도 못하는 유치원생들은 영욕에 물든 세속의 감정으로 나와 남을 해치면서도 해치는 줄 모른다. 혹은 만취한 운전자가 차를 받히고도 제 차가 받은 줄 알고 도망가듯이 남의 해침까지 제 탓으로 뉘우치기도 한다. 이맘때 다시 바라보는 사진의 형상은 눈알이 빠져나간 휑한 두개골 같아서, 맹목적인 마음의 실상을 되돌아보게 한다. 하지만 눈이 없다는 것이 꼭 불행하기만 한 일은 아니니, 적어도 제 눈으로 저를 본다는 착각과 자만에 빠지는 어리석음은 없기 때문이다. 옛사람들의 말처럼 저를 보는 눈은 병든 눈이다.

17. 자기 지배와 불가능의 승리

1

미세한 불티들이 한꺼번에 솟아오르는 모습을 보여주는 사진 한가운데, 날렵한 느낌의 검은 형상 하나가 드러난다. 타오르는 불길 속에서 아래를 향해 내달리는 듯한 그것의 머리와 치켜올린 다리에는 곧은 선이 연결되어 있고, 뒷다리 연결선 위에 머리 연결선과 평행하게 또 하나의 선이 드리워져 있다. 그로 인해 형상은 높은 곳에서 그네를 타고 내려오거나, 로프를 몸에 걸고 위험 속을 빠져나가는 것으로 짐작할 수 있으며, 그도 아니면 막 뒤에서 끈으로 조

종하는 마분지 인형 같은 것일지 모른다는 생각을 하게 된다. 세 개의 가는 선과 세부가 드러나지 않는 몸체로 이루어진 이 형상의 단순화된 구도는 길고 마른 신체와 가파른 윤곽선, 기울기가 큰 과장된 몸짓이 두드러져 보이는 카프카의 드로잉을 연상시킨다. 그러나 고뇌에 짓눌린 인물의 절망감을 정적인 자세로 표현하는 그의 드로잉에 비해, 이 사진의 형상은 불티가 치솟는 위기적 상황을 탈출하는 인물의 모습을 동적으로 보여주고 있다.

2

　그러나 다른 한편 형상은 우연히 발견된 동굴 속 암각화의 일부처럼 보이기도 한다. 손전등의 희미한 불빛에 비치어 바위의 균열과 함께 드러나는 그것은 산비탈을 달려 내려오는 큰 키의 인물을 연상시키는데, 왼쪽 종아리가 오른쪽 종아리와 거의 수평을 이룰 만큼 꺾여 있고, 뒤로는 같은 기울기의 사선이 뻗어 있어 내달리는 거인의 속도에 비탈이 가하는 속도를 짐작케 한다. 그러나 사내의 앞뒤로 그가 좇는 짐승들, 예컨대 사슴이나 영양들이 질주하는 모습이 보이지 않고, 주위에 함께 사냥 나온 무리들의 그림자도 비치지 않음으로 인해, 불시에 그에게 닥친 위기와 그가 감내해야 하는 고독은 더욱 깊어진다. 그럼에도 불구하고 이 형상이 어떤 절망감의 흔적도 내비치지 않고 오히려 내달리는 발걸음이 가벼워 보이기까지 하는 것은 수직으로 뻗친 암벽의 균열들과 마찬가지로 그의 몸체가 곧바르기 때문이라 할 수 있다. 위기가 그를 꺾어버릴 수 있겠으나 그의 올곧은 자세를 꺾지는 못할 것이다.

3

 애초에 '나'의 것이 아닌 몸과 마음은 언젠가 꺾여버릴 테지만, 꺾이는 순간까지 몸과 마음을 바라보는 '나'는 그 무엇에도 꺾이지 않는 올곧은 자세를 만든다. 그 때문에 자기는 자기의 보호자이며 자기의 주인이라 할 수 있다. 자기를 보호해줄 수 있는 존재는 자기밖에 없으며, 자기는 자기를 제외한 어떤 다른 존재의 주인도 될 수 없다. 이른바 자존自尊이란 자기 보호와 자기 지배의 적극적이고 긍정적인 표현이며, 그 역할을 포기하는 것을 일러 자포自暴자기自棄라 한다. 참된 것, 아름다운 것, 바른 것은 어떤 상황에서도 자기 보호와 지배의 역할을 포기하지 않는 '자기'의 몫이며, 따라서 자기 이하나 자기 이상의 어떤 존재도 참되고 아름답고 바르다고 할 수 없다. 자기는 변便인 동시에 장腸이며, 항문인 동시에 괄약근이다. 마지막으로 죽음이 괄약근을 풀 때까지 변은 장에서, 장은 항문에서 삐져나와서는 안 된다. 최후는 바로 자기를 지켜보는 자기, 자기를 지배하고 보호하는 자기의 최후이다.

4

진실과 미학과 윤리를 가능케 하는 자기의 승리는 지연된 패배일 뿐이다. 보다 정확히 말해 그 승리는 패배의 지연으로서만 존재한다. 그 승리는 높이 솟아올랐다가 떨어져내리는 돌멩이처럼 더는 나아갈 수 없는 지점에서 한순간 버팀이며, 모래 더미를 긁어내면 언젠가 쓰러질 수밖에 없는 막대기처럼 마지못해 쓰러지는 순간까지 지레 쓰러지지 않는 것이다. 까마득한 장대 위에서 한 걸음 나아감이고, 침몰하는 배 위에서 계속되는 연주인 그 승리는 정신 건강의 극대치이며, 그것의 반대 항은 엄살과 과장이다. 백전백패의 그 승리는 카프카의 어법을 빌자면 절망하지 않는 것에 대해서조차 절망하지 않는 것이고, 베케트 식으로 말하자면 다시 실패하기, 더 잘 실패하기, 아무도 실패하지 않으려 하는 곳에서 실패하기이다. 그들에게 절망과 실패는 자기 승리의 과정이며 결과이다. 왜냐하면 절망과 실패는 절망하는 자기와 실패하는 자기 내부에 있으며, 자기가 패배하는 한 절망과 실패도 끝나기 때문이다.

5

　　패배하기 위한 승리가 아니라 패배할 수밖에 없는 승리인 자기 승리는 불가능한 승리이며 불가능의 승리라 할 수 있다. 그것은 불가능을 호흡하는 승리이며 불가능의 호흡으로 존재하는 승리이다. 그러나 그것이 가능성을 호흡하는 승리이며 가능성의 호흡으로 존재하는 승리이기도 한 것은 불가능을 기획하는 행위가 이미 가능성의 영역 안에 있기 때문이다. 아무에게도, 아무것에 대해서도 이야기하지 않는 언어는 이미 누구에게, 무언가에 대해 이야기하는 언어이며, 중심이 없는 언어는 스스로 없는 중심이 되는 언어이다. 흔히 우리가 끝이라고 생각하고 주저앉는 곳은 결코 끝이 아니다. 끝은 한 걸음 더 앞에 있다. 블랑쇼의 표현을 빌자면 밤에 모든 것이 사라지면 "모든 것이 사라졌다"가 남는다. 예컨대 누가 담배를 청했을 때 "담배가 있건 없건 당신과 무슨 상관입니까?"라고 대답하는 것으로 끝은 아니다. "내가 담배 있느냐고 묻는 게 당신과 무슨 상관입니까?"라고 그가 되받을 것이기 때문이다.

지금 사진 속에서는 거대한 키와 다리를 지닌 한 존재가 날아오르는 불티 속을 달려 내려오고 있다. 어쩌면 그것은 어두운 동굴의 암벽에 말라붙은 지네 같은 것의 시체거나, 자수정 속 호박벌처럼 화석으로 붙들린 고생물의 잔해일지 모른다. 혹은 단순히, 여러 번 아이를 가진 여인의 뱃가죽처럼 균열이 심한 바위에 깊이 파인 틈새일지도 모른다. 오랜 세월 조금씩 돌 부스러기가 떨어져내렸을 그곳이 위급한 상황에 내몰린 사내의 형상으로 비친 것은 우리 내부에도 똑같은 형상이 있었으리라는 것 외에 다른 이유가 없을 것이다. 우리가 보는 사물이 무시무종의 사건의 한 단면이라 하듯이, 모든 존재는 전무후무한 상처의 개별적인 국면일지 모른다. 밤하늘에 떠 있는 달이 우주의 항문이라는 쿤데라 식 발상을 빌리자면, 이쪽에서의 존재는 저쪽에서의 부재이며, 이쪽에서의 패배는 저쪽에서의 승리가 된다. 존재와 부재, 승리와 패배 사이에서 헤매는 자기를 지켜줄 수 있는 것은 오직 자기뿐이다.

18. 불가능의 글쓰기

1

화면의 좌측 상단에 잔모래 같은 빛의 알갱이들
이 뿌려져 있고 그 아래 중앙부에는 너덜너덜한 피
륙이나 멍석 같은 것이 펼쳐져 있는 사진의 형상은
좀처럼 가능한 어떤 의미에도 연결될 수 없음으로 인해, 역으로 의
미가 발생하는 조건과 방식을 살펴볼 수 있게 하는 적절한 예가 된
다. 그것은 외부 파열로 인해 내부 본질이 유출되고, 이상심리를 통
해 정상 심리의 구조가 드러나는 것과 마찬가지로, 불가능이 가능
의 근거를 추적할 수 있는 단서가 됨을 의미한다. 의미 가능성에 미

달하거나 초과하는 불가능은 궁극적으로 동어반복에 지나지 않는 의미의 순환 궤도를 둘러싼 무변無邊 무제無際의 공간이다. 애초에 어둠의 바탕 위에 빛이 나타나는 것이 아니라 빛과 더불어 어둠이 나타나는 것과 마찬가지로, 불가능의 무한 공간은 가능의 의미 궤적과 동시적으로 발생한다. 빛의 부재로서의 어둠이 빛의 속성을 음화적陰畵的으로 머금듯이, 가능의 실패로서 불가능은 가능의 요건을 암시한다고 볼 수 있다.

2

　이 사진에서 좌측 상단의 빛 알갱이들은 모래알이 쏟아져내리는 높은 모래언덕이나 자잘한 풀꽃들이 지천으로 깔려 있는 산 능선을 생각게 한다. 그에 반해 굵은 끈들이 마름모꼴로 교직된 중앙부 낡은 피륙 혹은 멍석은 오랜 세월 삭아 해어졌거나 쓰레기 소각장에서 타다 남은 것처럼 보인다. 사실 이 두 형체는 비슷한 밝기의 노란빛을 띠고 있다는 것과 서로 가장자리를 침범할 만큼 인접해 있다는 것 외에 다른 공통점을 지니고 있지 않다. 다시 말해 그 둘은 같은 시공간의 범주와 동일한 물리적 조건 속에 나타나 있다는 점 말고 어떤 유사성도 보이지 않는다. 낱알과 짜임새, 밀집과 흩어짐, 높이와 넓이, 흘러내림과 퍼져나감, 현재적인 것과 과거적인 것, 자연적인 것과 인공적인 것 등 양자의 대비되는 속성들은 그것들을 화해시킬 어떤 소통 경로도 내비치지 않는다. 비유컨대 양자의 관계는 열어놓은 잉크병과 병뚜껑의 관계가 아니라, 병뚜껑과 마침 그 위로 지나가는 파리의 관계 같은 것이다.

　　인접성은 의미 발생의 필요조건일 뿐 충분조건
은 되지 못한다. 유사성을 내포하지 않은 어떤 인접
성도 의미를 생성하지 못하며, 그런 점에서 불가능
이라 할 수 있다. 이를테면 성적 교합이 가능하려면 남성기와 여성
기가 근접해야 할뿐더러 같은 크기여야 한다. 나무에서 발 헛디딘
다람쥐가 잠자던 코끼리 음부에 떨어지면서 '당신의 아기를 갖고
싶다'고 한들 어불성설이다. 그러나 유사성이 의미 발생의 전제조
건이라 하더라도, 인접성이 전제되지 않은 유사성은 있을 수 없다.
은유의 본래 의미가 '저쪽으로 옮겨놓다'라는 데서도 짐작되듯이,
우선 대상들이 시공간적으로 가까이 있어야 비슷한지 아닌지가 문
제될 것이기 때문이다. 지금 우리 눈앞의 어떤 나무도 언제, 어디에
있는지도 모르는 숲 속에서 혼자 쓰러지는 나무와 비슷하다거나 비
슷하지 않다거나 말할 수 없다. 그 말할 수 없음은 불가능이라고조
차 말할 수 없음이며, 그런 점에서 굳이 말한다면 '불가능의 불가
능'이라고 할 수밖에 없다.

4

이중부정의 의미를 띠는 불가능의 불가능은 불
가능이 아닐뿐더러 그렇다고 해서 가능도 아니다.
그것은 무차별이며 동시에 무평등이다. 그에 비해
불가능은 가능과의 관계에서만 존재하며, 보다 구체적으로 말해 인
접성과 유사성 사이에서만 존재하는 것으로 볼 수 있다. 보다 정확
히 밝히자면 그것은 인접성에서 유사성을 제외한 부분이라 할 수
있다. 그 나머지 부분은 인접성의 입장에서 이야기하면 '초과'이고
유사성의 관점에서 바라보면 '미달'로 여겨지는 것으로, 증상이 깃
을 치고 향락이 빨대를 꽂는 '잉여'의 영역이며 이를테면 수간獸姦
이나 시간屍姦 등 여러 변태적 성행위들의 특권적 장소이기도 하다.
인식론적 측면에서 부조리라 불리고, 존재론적 차원에서 불가능으
로 불리는 그 자투리땅의 발견과 탐사는 문학과 예술에 있어서 '현
대적'인 것의 과제라 할 수 있다. 인간과 세계의 부조리를 천착한
작가로 거론되는 카프카와 베케트의 작업이 '불가능'의 글쓰기일
수밖에 없는 까닭도 여기에 있다.

5

원초적으로 불가능은 불가능의 글쓰기라 할 수 있다. 인접성을 유사성으로 바꾸려는 최초 일념—念에서 불가능이 나타나기 때문이다. 또한 궁극적으로 불가능의 글쓰기는 글쓰기의 불가능, 다시 말해 불가능한 글쓰기이다. 글쓰기의 대상이 불가능한 세계라면 글쓰기 또한 세계의 불가능한 일부일 것이기 때문이다. 가공할 죄악의 원인을 밝히는 과정에서 자신이 범인이라는 사실을 깨닫게 되는 오이디푸스와 같이, 불가능의 글쓰기는 결국 자신이 불가능한 글쓰기라는 사실을 인지하지 않을 수 없다. 애초에 글쓰기는 제 눈을 찔러 홍채를 살피려거나 제 살을 파먹고 기운을 회복하려는 불가능한 시도라 할 수 있다. 지극히 현명하면서 지극히 우매한 그 시도를 통해 불가능의 세계와 세계의 불가능이 명백하게 드러난다. 이른바 문학적 글쓰기란 대상을 표현하는 것이 아니라, 표현할 수 없음을 표현하는 것이다. 혀 없는 놈이 말 뱉듯 하고 주먹 없는 놈이 주먹질하듯 한다는 것은 이를 빗대어 하는 말이다.

6

이맘때, 빛의 알갱이들이 쏟아져내리는 고갯마루 아래 올 풀린 피륙이 너덜너덜하게 펼쳐진 것으로 보이던 사진의 형상은 한순간 솟구쳐오르는 불길의 소용돌이와 자욱한 먼지구름으로 바뀐다. 그것은 방금 투하된 핵폭탄에서 발생하는 방사능의 막강한 효과처럼 보인다. 그와 같은 생각의 전환은 지금까지 의미의 초과나 미달에서 생겨나는 것으로 여겨져왔던 불가능이 의미의 해체나 파탄에서 생겨날 수도 있다는 짐작을 하게 한다. 바꾸어 말하면 불가능은 실패한 '의미의 융합'에서뿐만 아니라 성공한 '의미의 붕괴'에서도 발생할 수 있으며, 인접성에서 유사성을 제외한 부분으로서뿐만 아니라 유사성에서 방출된 인접성으로서도 존재하는 것으로 볼 수 있다. 창조를 갱신하는 파괴자로서 시바신은 그 불가능의 신화적 표현이고, 개체의 운명으로서 그 불가능은 종족의 지속을 가능케 하는 노화와 죽음이며, 문학적 글쓰기 안에서 그 불가능의 긍정적 표현이 소격효과라면 부정적 표현은 다다이즘이다.

19. 망각과 죽음의 불가능

1

　　언뜻 규칙적인 굴곡을 지닌 단단한 구체球體로
보이던 사진의 형상은 잠시 딴생각을 하는 사이 마
야나 아즈텍인들의 폐허가 된 피라미드로 모습을
바꾼다. 경이적이고 위압적인 크기의 이집트 피라미드에 비해 소담
하기만 한 구조물은 오랜 세월 밀림 속에 방치되었다가 우연한 기
회에 알려지게 되었을 것이다. 미지의 하늘을 떠받치던 상층부가
떨어져나가고 사각의 기단 또한 날카로움을 잃어버린 그것이 그 옛
날 제왕들의 무덤이었는지, 피의 희생을 바치기 위한 제단이었는지

알 수 없으나, 오랜 세월이 흐른 뒤에도 여전히 죽음과 망각의 표지로 남아 있을 것이다. 달리 말하면 죽음과 망각은 그것들 자신을 견뎌내는 것에게만 그것들 자신을 증거하는 일을 의탁하는 것이다. 비록 그것들 자신에게 패배하는 순간까지이기는 하지만 말이다. 궁극적으로 죽음과 망각을 증거하는 일은 불가능하다. 그것은 그 일도 죽음과 망각의 소관이며, 나아가 죽음과 망각이라는 것 자체도 불가능하기 때문이다.

2

 이른바 망각이란 단순히 기억상실을 의미하는 것이 아니다. 그 것은 기억상실이라는 기억까지도 상실했음을 뜻하기 때문이다. 망 각은 없음[無]일 뿐만 아니라 없음조차 없음이다. 또한 그것은 없음 이면서, 동시에 없음일 수조차 없다. 없음을 없음이라 하는 바로 그 순간, 없음으로서 있음이 되기 때문이다. 그런 점에서 망각은 불가 능이다. 말할 수 없고 표기할 수 없을 뿐만 아니라, 상상할 수조차 없으며 상상할 수 없다는 것조차 상상할 수 없다는 점에서 불가능 이다. 그러나 이 말 속에는 함정이 있음을 눈치채야 한다. 우리가 망각을 불가능이라고 규정하려면 기억상실로서의 망각, 기억상실 의 기억상실로서의 망각을 인식해야 하며, 그것은 곧 기억상실로서 의 기억, 기억상실의 기억상실로서의 기억을 의미하기 때문이다. 여기서 우리는 불가능이 망각과 기억 사이에서 존재하며, 그 스스 로 망각과 기억 사이에서 부유하는 인식 주체에 의해 포착됨으로써 만 존재할 수 있다는 사실을 알게 된다.

불가능은 주체와 별개로 존재할 수 없다. 시간
적으로 그것은 주체 앞이나 뒤에 나타날 수 없으며,
주체와 동시에 태어나고 동시에 사라진다. 김수영
식으로 말하면 주체는 불가능보다 먼저 존재하고 불가능보다 늦게
사라진다. 불가능은 불가능의 인식으로서만 존재하며 인식은 주체
의 인식으로서만 성립하기 때문이다. 주체의 태어남과 더불어 불가
능이 생겨나고 그 역은 불가능하기 때문에, 발생론적으로 말하면
주체는 불가능의 모태가 되는 것이다. 애초에 불가능은 주체의 불
가능이고, 주체는 불가능의 주체이다. 또한 불가능이 있음과 없음,
기억과 망각, 인접성과 유사성 등의 '사이'에만 존재하는 까닭에 불
가능은 사이의 불가능이고 주체는 사이의 주체라고도 할 수 있다.
사이, 주체, 불가능은 서로 다른 것이 아니며, 그 중 어느 하나도 다
른 둘을 떠나서 존재할 수 없다. '人間'이라는 어휘를 빌어 이야기
하자면, 주체는 사이에 존재하고 사이를 인식하는 공허한 주체이기
에 불가능의 주체라 할 수 있다.

4

주체의 불가능이 단적으로 드러나는 것은 망각
의 원인이자 결과인 죽음을 통해서이다. 죽음은 바
로 주체의 죽음을 가리키며, 따라서 죽음은 주체에
게 인식될 수 없다. 없는 주체가 자신의 없음을 알아차릴 리 없는
것이다. 나아가 주체는 자신의 죽음을 상상할 수조차 없다. 이미 인
지된 세계만 상상할 수 있는 주체가 자신이 없는 세계를 인지했을
리 없기 때문이다. 타자의 죽음은 또 다른 타자들의 죽음에 대한 상
상의 매개가 될 뿐, 주체의 죽음을 비추는 거울이 될 수 없다. 보다
정확히 말해 타자의 죽음은 주체의 죽음을 또 다른 타자들의 죽음
으로 떠올리는 계기가 될 뿐이다. 주체의 죽음이 도무지 타자들의
죽음과 같을 수 없다는 것은 마취나 혼수상태에서 깨어난 후에 짐
작된다. 없음이 아니라 없음의 없음이라 할 수밖에 없는 그 상태는
주체의 죽음에 가장 근접한 예라 할 수 있다. 하지만 그 또한 확인
할 수 없는 추정일 뿐, 지상에서 어떤 주체도 죽음에서 살아 돌아온
적이 없기 때문이다.

5

주체의 불가능이 필연일 수밖에 없는 것은 근본적으로 주체가 '몸'이라는 하드웨어 위에 나타나는 소프트웨어인 까닭이다. 불가능이 주체의 생성과 소멸 사이에 존재하듯이, 주체는 몸의 생성과 소멸 사이에 존재한다. 암수로 구분되는 '개체'로서의 몸은 '종족'의 생명을 전달하기 위한 시한부 장치로서, 소임이 끝나면 필연적으로 사멸해야 한다. 문제는 목표 수행을 위해 개체의 몸에 한시적으로 도입된 주체가 자신의 근거인 몸의 폐기를 거부하고, 자신을 무기한적 종족의 생명과 동일시하는 데 있다. 카프카 식으로 말하자면 원죄란 개체의 숙명을 넘어 종족의 특권을 찬탈하려는 주체의 착각과 고집을 가리킨다. 이를테면 그것은 파동이 지나갈 때 물이 함께 달려 나아가려는 것과 같으며, 배턴을 전달한 선수가 계속해서 트랙을 돌려는 것과 마찬가지다. 맹목적인 주체에게 죽음의 불가능은 개체와 종족 사이에 존재하며, 어째서 개체의 생명은 종족의 생명이 될 수 없느냐는 불가능한 항의로 표시된다.

　　이처럼 주체를 에워싸는 불가능은 하나이면서 동시에 수많은 불가능이기에, 사진 속 피라미드의 잔해를 이루는 세부들은 각기 더 작은 피라미드의 잔해들로 보이기도 한다. 혹은 그 세부들 하나하나가 칸칸이 꿀이 들어찬 벌집이나 산자락의 계단식 다랑논으로 보이는 것도 불가능의 프랙털구조 때문이라 할 수 있다. 하나가 전체이면서 전체가 하나인 그 빈틈에서 인간은 연명에 필요한 양식을 거두거나 쌓아둔다. 인간은 생명체 가운데 유일하게 자신이 불가능이 사육하는 가축임을 안다. 달리 말해, 불가능에 의해 사육되는 유일한 동물인 인간은 불가능을 인식하나 그로부터 벗어날 수 없다. 그것은 인간보다 앞서 있는 불가능을 인간이 인식하는 것이 아니라, 인간의 인식과 더불어 불가능이 태어나기 때문이다. 보다 정확히 말해 인간의 인식 이전에 불가능은 있지도 없지도 않았으며, 그렇다고 말할 수조차 없다. 불가능으로부터 벗어남은 고요한 물을 휘저어 가라앉히려는 것과 같이 불가능한 시도이다.

20. 불가능의 상처

1

올이 풀려 너덜너덜한 피륙 위에 길쭉한 방망이 같은 형태가 눈에 띄는 사진의 형상은 일견 길바닥에 찍힌 신발 자국을 연상시킨다. 비 그친 뒤 물이 덜 빠진 진흙길이나, 채 덜 마른 시멘트 포장 길 위로 누군가 성큼 밟고 지나간 흔적이 그럴 것이다. 또는 몹시 뜨거운 것에 닿아 눌어붙은 비닐 천이나 플라스틱 용기의 표면을 떠올리게도 한다. 그렇게 비틀리고 쭈그러진 것들은 차마 견딜 수 없었던 그날의 열기를 과거 진행형으로 간직하게 될 것이다. 아니

면, 무겁고 단단한 것에 얻어맞아 뭉개진 신체의 일부를 생각나게
도 한다. 뒤뚱거리는 걸음으로 쫓기다가 몽둥이에 맞아 쓰러진 바
다표범의 등가죽이나, 군홧발에 짓이겨지고 개머리판에 찍혀 두개
골이 함몰된 무구한 젊은이들의 모습이 그러했을 것이다. 자기방어
의 어떤 수단도 알지 못한 채 속절없이 입게 된 그 상처들은 한 번
생겨난 이상 다시는 온전하게 복구될 수 없으며, 상처받은 것들 자
신이 소멸하기 전까지 결코 사라지지 않을 것이다.

2

이처럼 불가피한 상처의 흔적은 위 사진에서 전체 형상의 일부로 생각되지만, 오래 들여다보고 있으면 일그러진 자국을 포함한 형상 전체가 외부의 강압으로 인한 파탄과 해체의 모습으로 나타나 보이기도 한다. 즉 길쭉한 방망이 같은 형태 주위로 올이 풀려 너덜너덜한 피륙 같은 사진의 형상 전체가 이미 상처일 수 있는 것이다. 어쩌면 상처받은 것들은 상처받기 이전부터 상처로서 존재해왔으며, 그것들 자신도 의식하지 못한 채 상처로 나타났다가 상처로 사라지는 것이라 할 수 있다. 바꾸어 말하면 부질없는 나타남과 사라짐 자체가 그것들에게는 상처인 것이다. 이는 사복蛇福의 어머니 시신 앞에서 원효가 읊조린 경구警句의 의미와 크게 다르지 않다. "태어나지 마라, 그 죽음이 괴롭구나! 죽지 마라, 그 태어남이 괴롭구나!" 그 말이 번거롭다는 사복의 핀잔에 원효는 한마디로 고쳐 말한다. "나고 죽는 것이 괴롭구나!" 태어남과 죽음이 이미 상처인 한, 모든 존재의 삶은 '뱀의 행복'일 뿐이다.

3

 한 번 태어난 이상 언젠가 사라져야 할 몸을 지닌 생명체들에게 삶과 죽음은 거부할 수 없는 숙명이다. 통시적通時的으로 볼 때, 각각의 개체는 종족 유지를 위해 생산되고 폐기될 뿐이다. 보다 정확히 말하자면, 개체와 종족의 분리 없이 자기 분열에 의해 생명이 지속되는 무성생식과는 달리, 진화를 위해 진화한 방식인 유성생식의 경우 개체는 종족을 유지시키기 위한 소모품에 지나지 않는다. 비유컨대 개체는 물결이 지나갈 때 일어났다 가라앉는 물이나, 배턴을 전달하면 트랙에서 빠져나와야 하는 릴레이 선수와 같다. 달리 비유하면 매번 바퀴가 돌아감으로써 수레는 앞으로 나아가며, 톱니바퀴의 회전으로 컨베이어 벨트는 물건을 실어 나를 수 있다. 그처럼 종족의 직선운동은 개체들의 원운동에 의해 가능해지는 것으로 볼 수 있다. 개체의 죽음은 결코 불운이나 저주가 아니며, 종족의 관점에서 그것은 태어남과 마찬가지로 필수적이고 필연적이다. 야누스-에로스의 또 다른 얼굴은 타나토스이다.

4

또한 공시적共時的으로 볼 때, 종족 생명의 매체인 각각의 개체들은 다른 종족의 개체들과 먹이사슬의 관계 속에 놓여 있다. 보다 정확히 말해 무기물을 섭취하거나 광합성을 할 수 있는 소수 부류를 제외한 모든 생명체들은 자신의 생존을 위해 다른 생명체를 먹이로 취해야 하는 동시에, 스스로 다른 생명체의 먹이가 되는 것을 피해야 한다. 말을 바꾸면 자신의 삶을 지속시키기 위해 다른 것을 죽여야 하며, 스스로 죽임을 당함으로써 다른 것의 삶을 지속시키는 것이다. 숨이 붙어 있는 한 먹이를 찾아 두리번거리거나, 먹이가 되지 않으려고 몸부림치는 개체들은 매 순간 삶과 죽음, '삶을 위한 죽임'과 '죽음을 통한 살림'의 갈림길에 서 있다. 그것은 결코 선과 악, 정의와 불의로 판가름할 문제가 아니며, 개체의 차원에서는 불운이나 저주로 비칠지라도 종족의 관점에서는 필수적이고 필연적인 과정이라 할 수 있다. 번식되는 개체 수가 많은 종족일수록 고통의 감각 또한 떨어진다는 사실은 이를 방증한다.

5

결국 유성생식을 하는 지상의 모든 생명체는 태어남(生)과 죽음(死) 사이에서 짝짓기(性)와 먹기(食)를 되풀이하는 한시적 기계이다. 달리 말하면 '먹기'를 통해 얻은 에너지로 '짝짓기'라는 소임을 행하는 시한부 장치인 것이다. 종족의 차원에서, 다른 생명체를 배출함으로써 자신의 생명을 마감해야 하는 '짝짓기'는 삶을 통한 죽음, 삶 속의 죽음(生中死)이라 할 수 있다. 개체의 차원에서, 다른 생명체를 해침으로써만 자신의 생명을 유지하는 '먹기'는 죽음을 통한 삶, 죽음 속의 삶(死中生)이라 할 수 있다. 천지간 어떤 개체도 피할 수 없는 생사성식生死性食이라는 조건은 역易의 사상四象과 마찬가지로 천지 운행의 기본 패턴이다. 삶과 죽음은 서로의 음화陰畵로서 존재하지만, 삶 속에 삶만 있는 것이 아니라 죽음이 들어 있으며, 죽음 속에 죽음만 있는 것이 아니라 삶이 들어 있다. 삶은 죽음의 괴로움을 불러오고 죽음은 삶의 괴로움을 불러오지만, 더 큰 괴로움은 그 까닭을 알 수 없다는 것이다.

 이른바 천지가 어질지 않다〔不仁〕는 것은
천지간 뭇 생명체들이 생사성식이라는 잔인
한 조건 속에 내던져진 까닭을 이해할 수 없
다는 것을 의미한다. 개체의 의지나 선택과는 무관한 그 조건은 개
체의 능력으로는 받아들일 수 없을〔不認〕 뿐 아니라, 견뎌낼 수 없는
〔不忍〕 것이다. 천지는 불가능이며, 불가능하기 때문에 유구할 수 있
다. 즉 천지는 어질지 않고, 받아들일 수 없고, 견뎌낼 수 없는 것이
기에 지속될 수 있는 것이다. 한 개체가 다른 개체에게 상처받기 이
전부터 천지는 상처로서 존재하며, 한 개체가 다른 개체에게 받는
상처 또한 천지라는 상처의 본원에서 비롯된다. 요컨대 천지는 불
가능의 상처이며 불가능한 상처이다. 지금 되돌아보는 사진의 화면
에서, 늙어 쭈그러든 짐승의 가죽 위에 화인火印처럼 드러나는 상처
의 흔적은 뭇 생명체의 이마 위에 새겨진 불인不仁한 천지의 낙인처
럼 보인다. 그것을 불운이나 저주의 징표로 받아들이지 않는다는
것 또한 개체에게는 불가능이라 할 수 있다.

21. 아름다움의 불가능

1

거의 수직에 가까운 다수의 선들과 대각으로 빗겨오르는 몇몇 선들이 화면의 상부 중앙에서 만나 복합적인 무늬를 만들어내고 마지막으로는 빛의 포말로 사라지는 사진의 형상은 인간의 손이 미치지 못하는 숭고한 아름다움의 전형을 보여준다. 장엄한 고딕 성당의 위용을 떠올리게 하는 그 신비로운 아름다움은 화면 전체에 자리 잡은 안정된 구도와 급히 솟구쳐오르는 가파른 형세, 그리고 장미의 내부를 들여다보는 듯한 정교한 돋을새김에 기인하는 것으로 볼 수 있다. 혹은 가리비 조개의 홈 파인 껍질에 번쩍이는 불-물을 부어 떠낸 듯한 그 섬세한 형상은 삼매에 든 부처의 배후나 거대한 동종銅鐘의 표면에 새겨진 찬연한 불꽃 문양을 상기시키며, 의식을 집전하는 교황이나 추기경이 머리에 쓴 화려한 무늬의 관冠을 연상시키기도 한다. 바꾸어 말해 이 사진의 형상과 같이 섬세하고 화려한 수직 상승의 이미지는 빈번히 범용한 인간의 수준을 넘어서 있는 신성과 존엄을 표현하는 데 이용된다.

2

　　인간의 관념은 은유의 거푸집을 통해 만들어지는 주물鑄物이며, 관념의 전달 또한 은유의 매개를 통해 가능해진다. 가령 '거룩함'과 동의어인 '숭고함'은 '높이'라는 공간적 은유를 통해 이해되는데, 어떤 지점이 그 자체로서 높을 수 없듯이 어떤 대상도 그 혼자로서 숭고할 수 없다. 한 지점의 '높이'가 그보다 낮은 지점과의 차이로 존재하듯이, 한 대상의 '숭고함'은 그것을 우러러보는 주체의 태도에서 비롯된다. 다시 말해 숭고함이란 대상에 내재하는 것이 아니라 주체의 낮은 자세에 의해 태어나는 것으로서, 숭고함의 극치는 누구도 탐내거나 시샘할 수 없는 철저한 헐벗음이다. 뿐만 아니라 대상의 숭고함은 그 반사효과로서 숭고하게 하는 주체를 숭고하게 한다. 이 점에서 카프카의 말은 의미 깊다. "무엇이건 거칠게 즐기면 그것은 쓰디쓴 것이 되고, 즐기는 사람을 천하게 만든다. 그러나 초대받은 손님처럼 즐긴다면 언제까지나 가치를 잃는 일이 없을 것이고, 즐기는 사람을 기품 있게 할 것이다."

3

또한 대상의 숭고함은 그것에 도달하려는 주체의 불가능한 노력에 의해 보존된다. 주체는 결코 대상의 지위에 오를 수 없을뿐더러 올라서도 안 된다. 대상의 숭고함은 주체의 비천함이라는 조건에서만 가능하기 때문이다. 그렇다고 해서 주체가 대상의 위치에 도달하려는 노력을 포기하거나 망각해서도 안 된다. 다가오는 차들의 불빛으로 빛나는 형광 표지판처럼 대상의 숭고함은 그것에 도달하려는 주체의 열망에 의해 유지되기 때문이다. 숭고함 또한 주체의 결핍에서 생겨나는 꿈의 거품으로서 결핍이 충족되는 즉시 사라져 버린다. 그것의 존재방식은 이를테면 떠남으로써만 비로소 생겨나는 '고향'과 같다. 떠나기 전에는 고향이라 할 만한 것이 없으며, 돌아와 정착해도 고향이 아니다. 고향을 가지려면 끊임없이 고향으로 나아가야 하지만, 고향 바로 앞에서 돌아 나와야 한다. 세 번씩이나 약혼과 파혼을 되풀이함으로써 관계의 순수성을 보존하려 한 카프카의 기행 또한 같은 맥락에서 이해할 수 있다.

4

모든 귀한 것이 그렇듯이 숭고함은 어려운 것이다. 그 어려움은 숭고함을 태어나게 하고 유지시키는 주체가 감내해야 하는 곤경, 끊임없이 그리워하고 한없이 가까이 가되 닿을 수 없고 닿아서는 안 되는 주체의 난경이다. 그 점에서 아름다움의 추구 또한 다르지 않다. 끝없이 모색하되 도무지 성취할 수 없다는 조건에서 존재하는 한, 아름다움은 귀하고 어려운 것이며, "아름다움이란 불가능한 것이 아니고 무엇이냐!"라는 플로베르의 탄식은 이를 가리킨다. 진정한 천국은 잃어버린 천국이고 진정한 축제는 초대받지 않은 축제이듯이, 진정한 아름다움은 이미 상실된 것으로서, 결코 되찾을 수 없는 것으로서 존재한다. 바꾸어 말하면 지금 이 자리에서 소유할 수 있고 이해할 수 있고 분석할 수 있는 아름다움은 사이비似而非에 지나지 않는다. 마치 목이 없는 부처처럼 아름다움은 실체가 없는 기능이다. 명사가 아니라 부사, 실사가 아니라 허사로 나타나는 아름다움은 그림자처럼 결핍으로서의 존재이다.

5

    부재로서 겨우 존재하는 아름다움은 김종삼의 표현을 빌자면 "내용 없는 아름다움"이고 발레리의 표현을 빌리면 "얼굴 없는 미소"이다. 그것은 볼 수 있으나 잡을 수는 없는 홀로그램과 같은 방식으로 기능한다. 그처럼 불가능한 아름다움, 불가능의 아름다움은 항시 그것을 갈망하는 주체 주위를 맴돌다가 불현듯 나타나 주체를 놀라움과 두려움으로 떨게 만든다. 그것은 지구 위를 떠도는 미지의 별똥별처럼 예기치 못한 순간 떨어져 내리며, 파도 위의 고무 튜브처럼 잡기를 포기하는 순간 가까이 와 있기도 한다. 요컨대 아름다움은 스스로 도래할 수 있을 뿐, 주체의 노력으로 포획할 수 없다. 아름다움은 주체의 능력 밖에 위치하며, 주체의 능력 밖에 위치하기에 아름다움이다. 지상의 어느 예술가도 흰 눈의 육각형 입자나 왕관형 사슴뿔의 경이로운 아름다움을 흉내 낼 수 없을 것이며, 정교하고 화려한 비단뱀이나 전자 현미경에 나타나는 에이즈 바이러스의 끔찍한 아름다움을 그려낼 수 없을 것이다.

　다시 우리가 바라보는 사진의 화면에서, 어둠을 뚫고 가파르게 솟아오르는 불꽃 문양의 형상은 '이미' 상실되고 '결코' 되찾을 수 없는 것으로 '겨우' 존재하는 아름다움의 실재계적 도래를 환기시킨다. 태어난 것은 언젠가 죽어야 하며 사라진 것은 언젠가 돌아온다는 필연에 따라, 불시에 분출해 놀라움과 두려움으로 주체를 얼어붙게 만드는 아름다움은 더할 나위 없는 향락의 대상이 된다. 그 향락은 존재하면서 부재하는 주체[陽極]와 부재하면서 존재하는 아름다움[陰極]의 이끌림이며, 같은 양量의 양수와 음수가 결합하여 영零이 만들어지는 과정이다. 주체의 입장에서 그것은 에로스이고 아름다움의 입장에서 타나토스이며, 태초의 무無로 돌아간다는 점에서 '죽음의 죽음'이라 할 수 있다. 또한 그 향락이 극대화될 때 숭고함과 끔찍함은 다른 것이 아니며, 이는 베르니니의 테레사상像에서 명백히 드러난다. 에로스-천사를 바라보며 몸서리치는 그녀의 표정에서 환희와 공포를 가르기란 불가능하다.

22. 불가능과 상처받은 아름다움

1

　　자잘한 빛의 입자들이 왼편으로 쏠려 있어 절단된 느낌을 주는 사진의 형상은 대각으로 파여 있는 세 개의 선들로 인해, 집 짓는 데서 계단으로 쓰고 남은 대리석 조각을 생각게 한다. 미끄러운 대리석에 그처럼 홈을 파두는 것은 발이 미끄러지는 것을 막기 위해서이다. 즉 계단의 발판이 제 구실을 하려면 매끄러운 동시에 미끄러지게 하지는 말아야 하는 것이다. 그처럼 한 대상의 대표적 속성은 그것과 길항하는 속성에 의해 부분적으로 훼손될 때 오롯이 발휘된다. 이를테면 흰옷은 작은 티끌 하나로 더욱 희게 보이고, 깊은 밤의 고요함은 낙숫물 소리에 더욱 고요하게 느껴지는 것이다. 역으로 말해 전부가 희다 면 희다 할 것이 없으며, 일체가 고요하다면 고요하다 할 것이 없 다. 이는 대상의 속성이 이원 대립이라는 주체의 지각 방식으로 결 정되기 때문이다. 자벌레의 천적天敵인 배추흰나비에게 움직이지 않는 것은 보이지 않듯이, 주체에게 대상은 지각의 이원 대립 구조 속에서만 나타난다.

2

    고대인들이 공들여 도기陶器를 만든 다음 칼로 흠집을 냈던 것도 완전함이 인간의 몫이 아님을 알았기 때문이다. 불완전한 인간의 것이기에 예술은 완전할 수 없고 완전해서도 안 된다. 흔히 완벽한 아름다움으로 자처하는 예술은 공예에 지나지 않는다. 오히려 완전하게 여겨지는 것들이 외부 충격이나 내부 함몰로 일그러질 때 아름다움이라는 현상이 생겨난다. 보들레르 식으로 말하면 아름다움은 언제나 기이하고 변태적이며, 불행이라는 마술적인 모태에서 태어나는 것이다. 이러한 아름다움을 만들어내는 예술은 평범과 정상, 행복과 안정의 대극에서 그것들을 고발하면서 동시에 갈망하는 양가적兩價的 특성을 지닌다. 상처받은 것 모두가 아름답지는 않으나 아름다움은 상처받은 것이며, 모든 증상적인 것이 아름답지는 않으나 아름다움은 증상적인 것이다. 발효가 부패의 일종이듯이 예술은 콤플렉스 가운데 하나이지만, 면역주사나 동종 요법처럼 콤플렉스를 예방하고 치유하는 콤플렉스라 할 수 있다.

3

　　대상이 이미 그리고 언제나 주체의 대상인 한, 정상적인 것은 대상 자체의 성격이 아니라 주체의 관념일 뿐이며, 그 관념은 주체들 사이에 유지되는 동시에 주체들 사이를 이어준다. 예술에 의한 정상적인 것의 훼손은 그것의 허구성을 폭로하는 동시에 훼손되지 않은 것에 대한 꿈을 불러일으킨다. 예술이 주체의 꿈을 유도할 뿐 결코 꿈의 내용을 보여주지 않는 것은 꿈의 현실화가 또 다른 관념의 덧붙임에 불과하기 때문이다. 이를테면 그것은 독자의 꿈을 작가가 가로채는 것이며, 원의적 의미에서의 유토피아를 기존의 여러 낙원들과 혼동하는 것과 같다. 사회적 대의를 내세우는 사실주의 예술이 사이비일 수밖에 없는 것은 비유적으로 말해 그것이 초대한 손님들에게 인스턴트식품을 내놓는 것이나, 어린아이에게 음식을 씹어서 주는 것과 같기 때문이다. 공이 맞는 순간까지 결코 고개를 돌리지 않는 운동선수처럼, 예술가는 작품이 자기 손을 떠날 때까지 여전히 '훼손'으로 남아 있는지 확인해야 한다.

4

결핍과 상처는 아름다움이라는 생체生體의 두 숨구멍으로, 명함판 사진 같은 데서는 도무지 찾아볼 수 없는 것이다. 어떤 가림이나 떨림도 없이 전부를 보여주는 것은 아무것도 보여주지 않는 것과 마찬가지이며, 때로는 꼭 보여주어야 할 것을 숨기는 경우도 있다. 그에 반해 당연히 보여주어야 할 것을 가려버림으로써 더 많은 것을 보여주는 사진들이 있다. 땀방울 맺힌 이마를 깊이 숙이고 반쯤 감긴 눈으로 아래를 내려다보는 흑인 여자의 옆얼굴은 그녀가 겪어온 고난의 전 역사를 한순간에 보여준다. 또한 박물관 앞뜰에 세워진 머리 없는 부처들이나, 석쇠 자국 같은 겨울나무들의 둥치와 그림자는 한순간 우리를 숨 막히게 한다. 그것은 우리가 태어나면서 동시에 잃어버린 어떤 것, 살아 있는 한 결코 되찾을 수 없는 어떤 것을 그것들이 기억하게 하기 때문일 것이다. 아름다움이란 결핍과 상처의 구멍을 통해 숨 쉬고 살아 있는 어떤 것, 달리 명명하거나 묘사할 수 없는 어떤 것의 이름이다.

5

상실과 더불어 태어나는 어떤 것인 한, 아름다움은 원천적으로 불가능이다. 그것은 말소된 파일이나 사라진 도시 이름처럼 부재로서의 존재이며, 토끼 뿔이나 석녀石女의 아들처럼 헛것으로서의 실재이다. 이처럼 모순어법으로서의 불가능은 주체가 나타나는 자리 어디에나 생겨난다. 주체에게 대상화되지 않은 사물은 존재하지 않으므로 불가능이며, 주체에게 인식되지 않은 있음〔有〕과 없음〔無〕 또한 불가능이다. 주체의 존재를 고려하는 한, 모든 것은 있음과 없음이 아니라 가능과 불가능의 문제라 할 수 있다. 이러한 불가능이 가장 첨예하게 나타나는 것은 주체 자신의 죽음에서이다. 있음으로부터 없음으로의 변화가 죽음이고, 그 변화가 주체에게 인식됨으로써만 존재한다면, 모든 죽음은 타자들의 죽음이다. 주체 자신의 경우, 자신의 죽음을 인식할 주체가 따로 없기 때문에 죽음은 원천적으로 불가능하다. 그것은 사망과 부활, 사멸과 불멸의 대립을 불가능하게 하며, 그 불가능 또한 불가능하게 한다.

주체와 동시에 태어나고 동시에 사라진다는 점에서, 불가능은 방향 개념과 다르지 않다. 가령 주체의 설정 없이 북쪽은 존재하지 않는다. 북쪽은 특별한 위치가 아니므로 북쪽에 가 닿는다는 것은 어불성설이며, 서 있는 자리에서 바라보기만 해도 벌써 북쪽이다. 은총을 기다리는 것이 이미 은총이고[카프카] 평화로 가는 길이 이미 평화이듯이[틱낫한], 불가능은 가능과 같은 자리에서 출발하고, 가능이 끝나는 자리에서 불가능도 끝난다. 같은 언덕이 바라보는 자의 위치에 따라 오르막과 내리막으로 불리듯이, 불가능은 가능 그 자체이다. 즉 가능 '곁'에 있거나 '너머'에 있는 것이 아니라는 말이다. 그처럼 절망이 곧 구원이며 추함이 바로 아름다움이다. 이맘때 다시 들여다보는 사진의 화면에서 대각선 방향으로 나 있는 세 개의 선들은 파랗게 자라 오른 난초의 꽃대처럼 단단하고 힘차 보인다. 그러나 그 느낌만 꽃대일 뿐 여린 꽃들이 보이지 않으니, 보이지 않는 꽃들의 향기는 더욱 진하게 느껴진다.

23. 최초의 우주

1

두드러기나 피부 알레르기처럼 자잘한 빛의 입자가 밀집해 원을 이루고 그 주위로 드문드문 흩어져 있는 형상을 한 이 사진은 빅뱅 후 아주 짧은 시간이 흐른 뒤 초기 우주의 모습을 시뮬레이션한 것처럼 보인다. 각각의 입자들이 137억 년 후 천억 개의 은하로 확장될 것이고, 각각의 은하는 다시 천억 개의 별들로 구성될 것이라는 점을 내다보면, 하나의 미세한 티끌 속에 시방세계가 들어 있고, 모든 티끌들이 다 그러하리라는 「법성게法性偈」의 공식이 결코 과장

이 아니라는 짐작을 하게 된다. 이는 한 생명체를 구성하고 있는 수많은 세포들 가운데 어느 하나를 가지고도 그 생명체를 복제해낼 수 있다는 믿기지 않는 사실과 일치하며, 하나의 구슬 속에 수없는 구슬들이 비치고 다시 그 빛이 수없는 구슬들 속에 비치는 과정이 끝없이 이어진다는 인드라망網의 이야기가 비유에 그치는 것이 아님을 깨닫게 한다. 모든 존재는 시작과 끝을 알 수 없는 중중무진연기重重無盡緣起의 한 단면일 뿐이다.

2

　우주가 있기 전과 우주가 있은 다음을 상상할 수 없는 것은 시간과 공간이 우주와 함께 생겨나고 함께 사라지기 때문이다. 우주 이전과 이후는 없음[無]이 아니라 불가능이며, 우주는 두 불가능들 사이에 놓여 있다. 씨앗이 나무의 일부이면서 동시에 나무 전체를 아우르듯이, 우주의 최초와 종말은 서로를 함장하고 있다. 그 때문에 태어남을 알지 못하면 죽음을 알 수 없으나[未知生 焉知死], 시작을 근원으로 하면 끝을 돌이킬[原始反終] 수 있으며, 그 역도 마찬가지다. 그러나 삶이 죽음에 이른다는 사실에 비해, 그 역이 쉽게 납득되지 않는 것은 구球의 단면에서 직선의 끝이 처음과 만날 수 있다는 사실을 알지 못하는 것과 같다. 바꿔 말해 우리 눈에 보이지 않는 궤도를 타고 삶과 죽음은 매 순간 만나고 있으며 그러기에 삶은 삶이 아니고, 죽음은 죽음이 아니라 할 수 있다. 우리에게 분리된 것으로 보이는 시간과 공간이 본래 하나이듯이, 모든 존재의 시작과 종말, 생성과 소멸은 둘이 아니다.

3

그러나 하늘의 해가 무한히 크다는 것을 알더라도 우리 눈에는 손바닥보다 작게 보이듯이, 엄정한 추론의 결과에도 불구하고 여전히 죽음은 삶의 '종말'일 뿐 결코 '시작'으로 생각되지 않는다. 이를테면 물 그릇 속에서 젓가락이 휘어져 보이는 것처럼 우리의 실제 감각은 보이지는 않지만 확실한 진리와 합치할 수 없으며, 감각과 진리의 차이 혹은 여분만큼 불필요한 고통을 받게 되는 것이다. 꿈속에서 작은 돌부리에 걸리면 아무리 해도 일어날 수 없는 것처럼 의지와 인식이 따로 노는 이 곤혹스러운 상황에서 가능한 유익한 충고 중의 하나는 틱낫한의 가르침이다. 그는 삶에서 일어나는 모든 행위들 뒤에 '척하다'를 덧붙여 받아들이기를 제안한다. 가령 태어나는 것은 태어나는 척하는 것이고 죽는 것은 죽는 척하는 것이며, 먹는 것은 먹는 척하는 것이고 성교하는 것은 성교하는 척하는 것이다. 같은 방식으로 모든 존재들 뒤에 '같은 것'을 덧붙이면 나는 나 '같은 것'이 되고 너는 너 '같은 것'이 된다.

4

이와 같은 가설적 사고방식으로 인해 사태 자체가 달라지는 것은 아니다. 그러나 모든 존재와 행위들을 곧이곧대로 믿고 받아들이는 데서 오는 무익 유해한 고통을 줄일 수는 있다. 공시적 통시적 관계 속에 서 있는 한 개체의 고통은 피할 수가 없으며, 때로 사랑과 자비의 원천이 되기도 한다. 가령 오른뺨을 맞았을 때의 불쾌감이 왼뺨을 내놓을 수 있는 원동력이 되는 것이다. 그에 비해 불필요한 고통은 사건을 사물로, 사태를 존재로 착각하는 데서 비롯된다. 이를테면 그것은 거대한 비석을 떠받치고 있는 돌거북의 괴로움 같은 것으로, 본디 한 덩어리 돌일 뿐 누르는 것도, 눌리는 것도 따로 없다. 자아는 언제나 죽음을 받는다. 드 멜로 신부의 말처럼 단단한 것만이 칼에 베이지만, 승조僧肇 법사의 말처럼 남들이 자기를 죽이려는 것은 작두로 봄바람을 베려는 것과 다름없다. 다시 말해 봄바람처럼 형체 없는 자아를 단단한 실체로 착각하면 죽음의 고통이 따르지만 그 고통은 근거 없는 것이다.

5

혼동하지 말아야 할 것은 자아는 있음/없음과 마찬가지로 주체의 소산일 뿐, 주체가 아니라는 점이다. 다른 모든 대상들처럼 주체의 거울상像인 자아를 주체가 자신과 동일시함으로써 희로애락 우비고뇌憂悲苦惱의 세계로 들어서는 것이다. 이처럼 일체 번뇌의 원천인 주체-자아의 동일시 기제를 정지시키려는 수행이 불모적일 수밖에 없는 것은 그 수행을 주체-자아 스스로가 행하기 때문이다. 살아있는 한 그 기제를 폐기시키는 것이 불가능하다면, 문제는 다른 모든 대상들처럼 자아를 '자아 같은 것'으로 인식함으로써 폐해를 줄이는 것이다. 애초에 대상은 주체의 대상이며, 주체는 인식의 주체이다. 인식 주체가 자기를 인식하려는 것은 눈으로 눈을 보려는 것과 같이 불가능하다. 제 눈이 보이는 눈은 병든 눈이라는 것은 이를 두고 하는 말이다. 주체의 인식을 가능하게 하는 '마음' 혹은 '언어'는 주체와 더불어 작동하고 주체도 그 일부인 소프트웨어로서, 몸이라는 하드웨어가 멎으면 자동으로 멈춘다.

6

본디 '사물' 이란 것이 불가능하고 일체가 인식된 대상이라면, 대상은 '처럼' '같이' 존재하는 것이며, 진리가 직유법으로 존재한다는 말도 같은 맥락에서일 것이다. 주체의 인식 작용으로 빚어지는 관념인 한, '대상은 대상이 아니라 그 이름이 대상' 이다. 뿐만 아니라 지고의 관념인 진선미 또한 동일한 방식으로 존재하는 것으로 볼 수 있다. 보다 적극적으로 동음이의어를 빌어 말하면 진실함[眞]은 진실함이 아니라 진실함으로 나아가는[進] 과정이고, 올바름[善]은 주체가 앞장서[先] 주인 역할을 하는 것이며, 아름다움[美]은 아직 오지 않은[未] 아름다움으로 존재한다. 지금까지 우리 앞에서 137억 년 전 초기 우주의 시뮬레이션처럼 보였던 사진의 형상은 이제 막 피어나기 직전의 극도로 긴장된 장미 봉오리처럼 아름다움과 올바름과 진실함의 존재 방식을 드러내준다. 이 순간이 지나면 진실함과 올바름과 아름다움은 발바닥 굳은살처럼 각질화되고, 큐에 맞은 당구공처럼 산산이 흩어질 것이다.

24. 팽창하는 우주

1

　　수없이 많은 별들이 자지러진 은하를 생
각게 하는 사진의 형상은 우리가 거쳐온 여정
의 마지막 표지로서 의미 깊다. 입으로 바람
을 불어넣는 고무풍선처럼 우주가 계속 팽창하고 있다는 가설이 대
체로 받아들여지고 있다는 점을 고려하면, 지금 사진 속 별들은 앰
블런스의 신호음처럼 서로서로 멀어져 가고 있는 중일 것이다. 피
기 직전의 꽃봉오리나 초기 우주의 시뮬레이션을 떠올리게 하는 앞
의 사진과 비교할 때, 이 사진은 나아감〔進〕이 아니라 물러남〔退〕, 앞

서기〔先〕가 아니라 뒤따르기〔後〕, 아직 아님〔未〕이 아니라 이미 그러함〔旣〕의 국면을 가리킨다고 볼 수 있으며, 그것은 곧 진실함〔眞〕과 올바름〔善〕과 아름다움〔美〕의 쇠퇴를 의미한다. 그러나 밀집한 별들 사이 수축의 조짐은 전혀 드러나 보이지 않기에, 차라리 이 국면은 나아감 속의 물러남, 앞서기 속의 뒤따르기, 아직 아님 속의 이미 그러함이라 해야 옳을 것이다. 즉 수축은 팽창의 잠재태로서 발현의 순간을 기다리고 있는 것이다.

2

사실 팽창과 수축이라는 상호 배타적인 말은 그리 적합하지 않다. 그것은 양자가 동시적으로 진행되는 과정이기 때문이다. 전체적인 관점에서 말하자면, 수축을 동반하지 않은 팽창은 없으며, 팽창을 수반하지 않은 수축 또한 없다. 팽창과 수축은 각기 정지된 점點으로서가 아니라 지속되는 선線으로서 존재하며, 달리 나타나는 두 개의 선도 실상 동일한 선의 안팎이라 할 수 있다. 진위眞僞 선악善惡 미추美醜 등 여러 상대적 개념들도 그와 다르지 않다. 주체가 겪는 대개의 번뇌는 '선'으로 존재하는 것들을 절단해 '점'으로 오인하고, 오인에서 생겨난 점들을 서로 배치되는 것으로 착각하는 데서 비롯된다. 달리 말해 하나의 사건을 서로 다른 사물들로, 하나의 사태를 서로 다른 실체들로 대립시켜 받아들이는 한, 번뇌는 피할 길이 없다. 그것은 모든 사건과 사태가 주체의 분별이 닿지 않는 법法이기 때문이다. 그러나 번뇌를 일으키는 분별이 없다면, 사건과 사태라는 법 또한 드러나지 않았을 것이다.

팽창과 수축을 탄생과 소멸로 바꾸어 말해도 사정은 다르지 않다. 탄생과 소멸은 정지된 '점'이 아니라 지속되는 '선'으로 존재하며, 그 선들은 동일한 선의 안팎을 이룬다. 다시 말해 탄생은 최후 소멸의 순간까지 계속되고, 소멸은 최초 탄생의 순간부터 계속되므로, 양자는 동일한 과정의 서로 다른 이름이라 할 수 있다. 이는 상식적으로 받아들이기 어려운 우주의 여러 역설逆說들을 통해 설명되는데, 가령 밤하늘을 바라보는 우리는 137억 년 전 최초의 우주의 목격자라고 한다. 즉 우주가 탄생하는 순간 생겨난 빛이 137억 년 동안 초속 30만 킬로미터로 날아와 우리 눈에 닿는 것이다. 심지어 그 빛의 일부는 폭발의 충격으로 '우주 지평'을 넘어갔다가 아직도 돌아오고 있는 중이라 한다. 수많은 별들에도 불구하고 밤하늘이 어두운 것은 그 때문이라 하며, 어두운 밤하늘이 '우주가 젊다'는 증거가 된다고 하는 것도 그 때문이다. 여기서도 젊기 위해서는 많은 시간이 필요하다는 모순어법이 통한다.

4

또한 심야방송이 끝난 텔레비전에 치직거리며 나타나는 물결무늬 선들은 빅뱅이 일어날 때 생겨난 뒤 아직도 우주를 떠도는 복사선輻射線이라 한다. 애초에 그 복사선들은 물리학적 가정치假定値로서 아주 우연한 기회에 대형 안테나에 나타나는 방해파로 확인된 것이다. 그러니까 본래 있는 것이 지금 있으며〔本有今有〕지금 있는 것은 본래 있는 것이다. 본래 있는 것 가운데 지금 없는 것은 아예 없어진 것이 아니라 본래와 다른 형태로 여전히 있다. 예컨대 지금 살아 있는 우리의 존재는 과거에 존재했던 별들의 죽음으로 인해 가능해진 것이다. 즉 우리 몸의 세포를 이루는 무거운 원소들은 죽어가는 별들 속에서 응축된 것이라 한다. 우리가 태어나려고 별들이 죽은 것은 아니지만, 별들이 죽지 않았다면 우리는 태어나지 못했을 것이다. 있는 것이 없어지거나 없는 것이 있게 된 것처럼 보일지라도, 본래 있는 것이 지금 있고 본래 없는 것은 없을 수조차 없으며, 삶과 죽음 또한 이와 다르지 않다.

5

세계는 본래 있었고, 지금도 있는 것의 생주이멸生住異滅의 과정
으로 존재한다. 역易의 표현을 빌자면 어떤 의도를 갖거나 고려하는
바 없이 스스로 운행하는 세계 안에서, 개개의 존재들은 같은 곳으
로 돌아가면서도 그 길은 제각기 다르고, 하나로 모이면서도 그 고
려하는 바는 수없이 다르다. 세계와 동시에 성립하는 주체는 세계
이전과 이후, 이상과 이하를 상상할 수 없으므로 '세계 바깥'은 어
불성설語不成說이다. 달리 말해 주체가 인지할 수 있는 '있음과 없
음'의 경계 너머 '세계 바깥'은 불가능하며, 역易에서 "이것을 벗어
나는 것은 알 수 없다"〔過此以往 未之或知〕는 것은 이를 일컫는다. 눈
도 귀도 없이 오직 힘으로만 존재하는 세계에 대해 주체가 갖는 희
망과 절망 또한 세계 안에 있으므로 세계는 희망도 절망도 아니며,
희망 그 자체 혹은 절망 그 자체라 할 수 있다. "무한한 희망들이 신
에게 있다. 하지만 우리들에게는 아니다"라는 카프카의 말에서 희
망을 절망으로 바꾸어도 사정은 같다.

 지금 수없는 빛의 입자들이 은하처럼 뿌려진 사진의 화면을 바라보며 마지막으로 떠올리는 것은 언젠가 인터넷에서 보았던 사진으로, 거룻배에 탄 사람들이 소를 끌고 깊은 물로 나아가는 장면이다. 일흔이 넘은 인도네시아 노인이 임신한 소를 추행하다가 동네 사람들에게 들켰다고 한다. 그 죄과로 임신한 소는 물속에 가라앉히고, 그 짓을 할 때 노인이 입었던 옷을 버리고 돌아온다는데, 의식에 드는 비용 전부를 노인이 부담한다고 했다. 어째서 입었던 옷을 버리는 것이 속죄의 행위가 되는지, 어째서 노인은 그 나이에 새끼 밴 소에게 그 짓을 하고 싶은 생각이 났는지, 어째서 그 짓을 당했다는 이유만으로 소는 물속으로 가라앉아야 했는지, 도무지 이해할 수 없는 의문들은 소가 가라앉은 뒤 남은 물거품처럼 보이는 사진 위를 떠돈다. 본래 있는 것이 지금 있다면 주체의 어리석음 또한 그러할 것이고, 시작도 끝도 없는 세계의 '바깥'이 불가능하다면 주체의 어리석음 또한 그러할 것이다.